哪吒

奚淞 —— 著

目录 CONTENTS

序　追忆我们的似水年华　/1
　　——写在奚淞《封神榜里的哪吒》重刊之前 ◎ 白先勇

封神榜里的哪吒　/001

虽然此刻的我比一粒微尘更轻，
比蝶翼更薄。我四处游转一无定处……
可是师父，就如你听见的，
我还是在哭，忍不住的眼泪
使我还想加入到世间的不完美里去……

哥儿俩 /025

"小昆——我们将来要过一种热烈的生活。"……
表哥很兴奋:"只要我们团结起来,
就什么也不怕了。"
我的头脑飞快地转动,
未来的世界突然明亮起来,
新鲜、丰富,充满了传奇和刺激。……
我紧紧地拥抱住表哥,雀跃起来。

盛开的扶桑花 /049

美惠,明天又是爸的周年忌日了,
我想告诉你的,
是关于另外一个熟睡在黑暗里的
灵魂。
究竟有什么异同之处——
将来的和
已然逝去的?

秋千架上的小露比 /075

"这简直不是小孩,这是扫帚星,
　　是魔鬼派来破坏我的家庭
　　和我一切努力的——"
　　　　小陈声嘶泪下地说:
"——我是她爸爸,我要给她一切,
　　给她世界上最好的一个家,
　　为什么她会变成这样呢?"

吴李锦凤的礼拜天 /091

　　她看见在黝黯的河流彼岸,
从遥远的都市里亮起紫红的光网,
在这礼拜天的夜晚,洞照了半边天色。
她看见新起的都市大厦群排结着,
　　　　在她移动的目光中,
　　　　像一列灯火通明、
在夜晚中即将缓缓驶动的火车……

病 / 123

到底我的脸怎么样了呢……
志超,醒醒。我的头好难过,
你替我扭一把冷毛巾好吗?
黑暗中,亚男努力翻转身,伸手去摸触那鼾声,
手秘密地伸出,又秘密地缩回来。
志超,我没有脸见你!

夺水 / 149

孩子,瞧你,又在黑暗里撞了头了。
来,我帮你揉揉……
有什么用,你还会再碰,一次又一次。
黑暗里,你要用头撞开什么呢?
……

后记　神话是一首传唱的歌　/ 165
——七十回顾少年"哪吒"◎ 奚淞

序 追忆我们的似水年华
——写在奚淞《封神榜里的哪吒》重刊之前

◎ 白先勇

算算我跟奚淞结缘已有五十年了，半个世纪前第一次见到奚淞时，他还是个二十刚出头、神采飞扬的年少书生，那时他看起来眉眼高挑，有几分孤标傲世的模样，可是几句话下来，我就发觉他原是个善解人意、一点就透、极端敏感的人物。我们一开始结的应该就是"文字因缘"。那时我正在写《台北人》的系列，那是我的《哀江南》，写的是江山崩裂后一群外省人流离失所、落魄飘零的悲剧故事。

大概那些故事中一些愁绪触动了奚淞，所以他放心将他的第一篇小说《封神榜里的哪吒》交到我手里。那是一颗璀璨发光、文采灼灼的宝石。哪吒"割肉还母，剔骨还父"的一则寓言故事，是一篇"天问"。谪落红尘的三太子，仰问苍天，生命的终极意义到底为何？这篇小说是以极为抒情诗化的文体写成，形式完全现代，我把它发表在《现代文学》上，马上引起当时文艺圈中的热议，都在揣摩这位青年作者到底想讲些什么。

事隔多年回头看来，奚淞与哪吒太子原来有这么深的宿缘。他在塑造封神榜里的哪吒时，恐怕下意识竟把自己代入了哪吒这个角色里了，他一生中不是一直在"天问"，追溯生命的神秘意义吗？哪吒最后化身成"一朵端丽的莲花"，这不也正是奚淞最后向往的涅槃境界吗？其实奚淞很年轻很年轻时已写下自己的生命寓言了。

奚淞在《现代文学》上一共发表了三篇小说，另外两篇是《盛开的扶桑花》及《吴李锦凤的礼拜天》。奚淞的小说不多，可是每篇他都在寻找一种有创意的艺术形式，探索人生一些终极的问题。《盛开的扶桑花》是我看过对于"生"与"死"有着最敏锐探究的短篇小说。这篇小说奚淞注入了极深厚体贴的情感，应该是自传性的。

如果奚淞的小说写作继续下去，我相信他会写出更多深刻动人的作品来。那个时节是奚淞的"蓝色文学时期"，我们在一起谈论得最多的也是有关"文学"这个牵涉人生最深的题目。

那时台湾的文艺思潮，西方的现代主义当行，我们很自然地就谈论到一些现代主义的作家作品了。乔伊斯的《死者》，最后那一幕大雪纷飞的场景：只落得白茫茫一片大地真干净，人的七情六欲一时冰消。托马斯·曼的《威尼斯之死》，大导演威斯康蒂把这篇小说改成了一部凄怆无比的电影杰作；衰老病危的音乐家阿申巴赫在海滩上临终的那一刻，伸出绝望的手，想去捕捉美少年塔齐奥，指向天涯的青春幻影，青春与暮年，那一幕是一则摧人心肝的人生寓言。奚淞与我都深爱李商隐的诗，尤其是他那首《暮秋独游曲江》：

荷叶生时春恨生
荷叶枯时秋恨成
深知身在情长在
怅望江头江水声

人之大患患于有身，人之大患也患于有情，这首诗写的是人生亘古之恨。就在这些闪闪的文学灵光照耀之下，奚淞与我便渐渐建立起一段终身不渝高山流水的情谊来。

因为信任，彼此"交心"，常常在酒过三巡之后，半醉半醒，互相道出了心中一些平日不愿也不敢碰触的密语，有时诉说到深夜，一直讲到天明，恨不得一夜间将平生心事都掀了出来，因为好不容易遇见一个听得懂自己话的人，所以尽情倾吐不能自已。"若有知音见采，不辞遍唱阳春"——这是晏殊的词。

奚淞也出身于大家庭，兄弟姊妹多。大陆撤退，兵荒马乱，幼小的奚淞被寄养在亲戚家，这与父母骤然的割离，似乎造成了他永恒的童年"创伤"（trauma），他青少年时的"落寞寡欢，乖僻离群"恐怕都是根源于那道无法愈合幼年时的伤痕。不要小看这些小时候受过的伤痛，这种幼稚心灵上的"创伤"，可能像幽灵一般紧紧跟随你一辈子，甩也甩不掉。几年前我和奚淞一同到香港，他在香港大学开画展，他回忆四岁时从台湾到香港迢迢寻亲，我们找到他住过的那栋楼房，他亲生父母的住处。我看到他面上惊喜过后那淡淡的一丝怅然，大概他又忆起他那孤独的童年来了。

我在六岁染上肺病，被家里隔离以前，据母亲说，本是个活泼好动，还有点霸道的孩子。那一病将近五年，有时我一个人被"囚禁"在半山上，有时被"放逐"到郊外独栋的房子里，远远离开我那一大群兄弟姊妹，因为抗战期间，肺病在中国几乎是等于绝症，极易传染，大家谈痨变色，没有人敢亲近，我的玩伴是几只捡来的流浪狗。失去童年的欢乐，使得我变得孤僻不群，过度敏感。我在中学的青少年阶段，是"寂寞的十七岁"，不爱理人，同学们误以为高傲，事实上外表的孤傲只是在掩饰内心的慌张。这种青少年时期离群的孤独，奚淞是了解的。奚淞在《姆妈，看这片繁花！》的散文集中，有一篇文章写道：有一次亲戚背着幼年的奚淞逛街，奚淞看见路旁电线杆下蹲着一个孩子在号啕大哭，哭得十分伤心，他从亲戚背上挣脱下来，跑到那孩子身边，也陪着那个孩子痛哭起来。那个孩子可能也是一个患了肺病无人理睬的弃儿。从小奚淞便有着闻声救苦的菩萨心肠，所以他日后注定要走上礼佛修行、普度众生的道路。因为世人的苦痛，他体验最深，怜悯也最甚，他手绘的观音佛像不知曾经给过多少人带来心灵上的安抚与慰藉。我在美国及台北的家中，也各迎回一幅奚淞的观音菩萨。

似水流年，五十年间如反掌，"如梦幻泡影，如露亦如电"，奚淞古稀，我亦耄耋，奚淞早已修行得慈眉善目，我的一腔"幽怨"也都写进小说中去了。两个老友日暮相逢，偶尔忆起遥远的当年，狂歌当哭，放浪形骸之外的青春岁月，不禁莞尔，终至呵呵。

奚淞手抄唐诗赠送予我，我将之悬挂案头，是杜甫《奉简高三十五使君》的后半首：

行色秋将晚

交情老更亲

天涯喜相见

披豁对吾真

二〇一八年六月十八日于台北

封神榜里的哪吒

　　夏日午后,九弯河像是被溽暑给逼浅似的。抽长了叶片的柳树因之更恣意地以墨绿的影子侵占了河水的三分之一。这片柳树沿河生长,水从柳荫下静静地、平滑地流过,当水再度在日光下闪亮的时候,似乎已与苍穹连结一片;湛蓝的,一片云也没有的天空。

　　依稀还可以听见一里外,陈塘关市集里的小贩叫卖野蔬、器皿的声音;随着穿翻树叶的微风似有似无地传了过来,和着穿飞在垂柳之间麻雀的噪鸣。

　　太乙坐在柳荫下的一块青石上,白发披肩。一脚盘踞,一脚微踏在青草地上。半旧的白麻道袍顺着肩胛垂下许多折皱;宽大的衣袖遮住了脚上的芒鞋。微微向前倾的身体,像是正在观赏在河滩浅渚中野生的莲花。

　　五月里,盛开的野生莲花。

　　然而他瘦削的面容没有任何表情,眼神空寂。打晨起,他就一动也不动地坐在那儿,像棋盘上一枚被人遗忘的棋子。偶然跳落在他脚上的一只青蚱蜢也经过一个漫长的早晨,丝毫无意离开。

莲花摇曳着,柳叶闪着,杨花和着轻尘飘着。河水像是静止,又像是流着;时间像是在摹写昨天,又像是全然不同了。这些个时辰里,太乙心中老是重复温习着同样的一些言语,那是在昨晚的梦里,他至爱的徒弟红儿的声音,像是哀告似的——

师父,我终于得到自由了,自由到想哭泣的地步。

有时候我随风流转,又有时像无所不在,仿佛在过分睡眠之后伸一个长长的懒腰,就如灰烟一样散了。我的记忆以及记忆中的血腥都远了。可是多么空漠啊……如果我因为感觉灵魂重要而抛弃不合适的肉身,我希望能有一个我所期望的归宿。

师父,我希望我是河里的莲花……

太乙早晨醒来,梦中展现的情景清晰如在目前。他匆匆来到总兵官李靖的官府,径自走上大厅,没有人阻止他,就像是十四年前红儿出生以及太乙收他为徒的那天。曾经被多次延入官府占卜诸象的太乙，被一名侍卫带至缀满瓦钵鲜花、描红帘巾的厅堂里。太乙仍然能回忆起当时那股蕴郁静定得使人不安的香气。夜来未曾合眼的李靖坐在大屏风前面依旧看来英挺修伟，只是失神得有如一座蜡像。他呼唤侍儿从内室抱出初生的红儿来，那是太乙第一次看见红儿，一向宁静如止水、如槁木的太乙深深地震撼了。那几乎比普通婴儿大两倍，已经有了头发的头多么像一张老人的脸啊，从内部黝黯里迸裂出来的哭声，和连侍儿都惶恐得掌不住的手脚抽动，在虚空里乱划着。整个身体像是陷落网罟的野兔，随时都准备弹跳逃走。侍儿的脸色变了，李靖也中了魔似的，瞪着那团不安的东西，胡须都抖颤起来。

"道人，道人，告诉我是凶是吉，这一夜婴儿的诞生像是梦魇似的使我不安，许多异常的事……"

"大人，这是喜事……"太乙说得有些艰难。

随后太乙断续地知道了夫人过长的孕期，夫人数日不祥的梦，临盆时血色的异象……

"……红得照眼，一刹那我的眼花了，直觉地抽出腰间宝剑，准备把那团红色的东西剁成两半，可是哭声，那么可怕的哭声使我手软了，冷汗流个不住。道人，面对千军万马我可以毫不动心,可是……"

李靖掀开侍儿手中饰着流苏的青花绸巾,艳红的一面红纱裹在红色的肚腹上,把李靖苍白的脸都映红了。

"最奇怪的是,他生来就……"

太乙心中一动,凝视那片血似的红纱。

"大人,可是丑时……"

"是……"

血色仍久久停留在太乙的网膜里,走进大厅,清晨的阳光透进镂空的窗,斜斜描画在鼠灰色地面上,微微启亮。空寂无人,任何摆设和十四年前没什么两样。为印证昨夜的梦,太乙就一张木几缓缓坐下来,眼心相连,渐渐澄清心中的杂念。

一点如丝线般的声音慢慢扬起,像是应和他的期盼似的,逐渐加强,回绕,最后嗡的一声停止了。太乙冷澈的眼光箭似的准确投向厅堂中央的地上,在光和阴影交界的地方,一只绿头苍蝇正渴望地落在灰泥地上,拼命吸吮着,太乙于是看见了模糊隔夜的血腥。

师父,我的出生是一种找寻不出原因来的错误。从解事开始,我就从母亲过度的爱和父亲过度的期待里体会出来了。他们似乎不能正视我的存在,竭力以他们的想法塑造我,走上他们认许的正轨。

父亲希望我能和两个哥哥一样学文习武,变成优秀的将才。一点不错,我样样超出了他的要求,非但哥哥们私下妒忌我,有时父亲看见我异于一般孩儿的臂力,也由嘉许变成冷然的脸色,我看得出在他淡薄的鼓励言辞的背面有着异样的神情。相反的,母亲总把我看成应该如同襁褓中的婴儿一般地享受爱与安全。我也满足她,除开操练学习的必要,从来不像同年龄的少年一样出去野。常常地,我奔向她的膝头,不是跪下请安,而是伏在她柔软的膝头,让她又笑又骂地享受爱抚我的乐趣。然而,在她的快乐中,我也觉察到她自己都不愿意看见的不安——这孩子怎一点也不像他的两个哥哥呢?

不错,我生活在矛盾中,然而所有可能说出来的矛盾都只是一个假象,我咀嚼到更深的苦味……

一阵断断续续抽咽着的歌声冲散跪在地上哀述身世红儿的薄影,太乙清清自己的神智,站起身来,踱到玄关前可容二人合抱的木柱前。天空已经完全破晓了,鸟雀叫得很响,园子里的牡丹和木樨的花朵饱含露珠。太乙看见红儿的跛脚书童四氓正坐在墙角土坡上,傍着盛开的花丛,正像白痴似的两手抱着畸形弯曲的两膝,身体前后摇晃,眼睛空茫,哼着谁也不懂的歌。好一会,四氓才看见太乙,慌起身,深深地向太乙跪拜,泪水成串滴落在干燥的红土地上:

"道长,道长,三公子去了,我亲眼看他乘西天的红云去了。在老远老远的天际,他还向我招手,笑着说:不要愁,不要愁,有一天我会来带你一道去,教你很大的法力,你可以像燕子一样地飞,像羚羊一样地跑跳。道长……"

太乙看着低俯着扁而窄头颅的四氓,以及合不拢双膝可笑的跪伏模样,泪水也不断地在红土上迅速化开。

"四氓,我都晓得了,你起来吧!"

四氓像赌气倔强的孩子似的不肯把丑陋的面孔抬起来:

"道长,我心里一直明白三公子是神灵遣到人世来的,他是那么完美,自从我还只是府里一个卑微的花匠,少爷还不满七岁的时候,第一次我看见他带着象牙的小弓,在院子里模仿老爷开弓射箭的姿态,我就着了迷,那完全不是一个七岁的孩子,在他身上看不出年龄,雪白的皮肤,墨似的发眉,已经十分结实的肌肉,还有他那双闪着冷静和幽微光芒微微吊梢的双眼……他转身看见我了,一丝笑容都没有,他盯着我看,眼睛一眨都不眨。我想我当时一定傻了,提着几株花苗,我想到我自己可笑的模样,是从没有人要看也不值得一看的,三少爷看得我发了慌,我以为因了我的丑和残缺,他要重重地处罚我,直到我发觉他的眼中有了宽恕和怜悯……

"我跪了下来,那不是一个孩子,我跪了下来,是为了神明……

"后来,他向老爷要了我做书童。何等的荣耀,我真愿意把我的一切去垫他小小的脚所踏过的地,虽然我知道我没有资格。有时候,在阳光大好的天气里,我只敢远远地跟着他走向野地,我生怕我长久出现的丑脸会惹怒了他。我躲在灌木丛里,看三公子裸了上身,弯弓射天上的雁。,箭不偏不倚地穿过娇小的雁首,垂直坠落土地。像是从公子年轻的身体里有无限以他为中心的力之线,一切都是他的囊中物。我禁不住鼓起掌来,兴奋地叫起好来。他拾起羽毛十分美丽的雁尸。因了我的声音回转头,冷冷的,怜悯的,悲伤的……我吓得赶紧再躲进灌木丛后面。

"公子喜欢把射死的雁雀鸟兽挂在房中的墙上,可以痴痴地看一整天,没有表情也不说话。闷得发慌的我常想编几句最动听的话来赞美他的成绩,但都鲠在喉头,那是不适宜的，对三公子……

"那天老爷特地从军营里带来了一个少年军官，听说是那一队里枪术最好的，十八九岁很英武的军人。老爷叫三公子学习他的枪法，公子看起来很高兴。平常很少有玩伴的他，很快就和军官厮混熟了，随后你一刀我一枪地在花园里练起把式。

"我正看得起劲，突然哎呦一声，少年军官抱着腿倒在地上，一支短枪整个没进他的股里，鲜血泉涌似的迸溅一地。三公子吓得哭起来，我从来就没看见三公子哭过，我是怕血的人，但这哭声倒反比血更使我惊怖。我昏了头忘了一切顾忌，跑上前把三公子抱在怀里——我这个畸曲丑怪的人，竟敢抱公子的身体。公子浑身透凉。我说：莫哭、莫惊，他只是一个普通人，泥做的人，你是天上的神，人怎能和神比刀弄枪，他伤了是他该受。

"可是公子在我怀里哭成了个泪人，我也禁不住大哭一会，老爷铁青着脸来了，命人把军官抬出去救治，又叫人把我拉开一旁，一言不发挥手打了我十来个耳光，把我的脸打成两个大。你不晓得我当时有多骄傲，真是一生中最骄傲的事，因为我抱过了公子的身体，为他受了过，我希望脸上红肿的指痕永不消退，我要高高地昂起头给每一个人看，这是证据，证明我和少爷有关联的证据……"

师父，我想世界上唯一了解我的只有你吧，要不你怎么不教我任何事情，只教我在愁烦时多看天上的云呢？是的，东部平原上的贼子们眼见就要造反，两个哥哥正摩拳擦掌打算一展身手。后城的穷人聚集在低矮的茅屋下，女人裸露着手脚，饥饿地带着色情挑逗的眼光闲荡，自称是西坟岗的狐狸。师父，我害怕。

我常常坐在楼上的房里，两手紧握，双脚缩拢，只静静地观看浮云消逝在窗外屋檐的边缘，我用这种凝望来计算什么事也不做的时间。有时候我竟忘了我正在长大、竟恍恍惚惚地感觉到了快乐。但是偶尔划空而过的雁啊——把我一下子击个粉碎。美丽的、伸展着巨翼的雁，是如何地中矢坠落啊——我看见雁飞，手膀的筋肉就不听话地自行弹跳起来，仿佛在催促我，去取弓、去取箭、去尝一尝使大力得到鲜血的滋味。冷汗于是便渗渗地从额头垂挂下来。

我多么爱那些天空飞着的雁，林中无挂碍的兽和我曾经有过的一些同伴，可是鸟兽成了尸体，同伴不是被我的力惊走了便是受到伤残，我简直不能测度出我有多大、多强、背叛我的、我自己的臂力。我的心在身体的经历和磨炼中渐渐地定型,那形状如果不是意味着残缺又是什么?

再也不可能有一只完整高飞的雁了,从我的眼里出发。

只要活着的东西走进我的内里便成了死亡,在那最深处幽冥的小房间里,已经挂满了我钟爱的尸体,包括一位少年军官。他曾经因为中了我一枪,流血过多,死了。

唯一伴着我的生命的四泯,头脑不清的,手脚狮子似蜷曲的,脸孔可厌的。为了厌憎,我倒要了他。可怜的四泯,常常受到我的恐吓,有时在恶躁无聊的时候,我可真是以恐吓他取乐的。啊啊,师父,你晓得你最爱的徒弟有时也是刻毒的吗?记得大约两个月前,四泯在我门外守了整个下午,终于忍不住探首进来看看我在做些什么。我正等着这机会,用眼光我可把他逮住了,我集中全力看着他,看透他的眼,直探到他心里去,我看到怯弱、害怕、失望……他像泥塑木雕似的被我用眼光钉住了。我喝问:"你站在那儿干什么?"他说:"我想陪陪你,公子。"我说:"你配吗?"他无声地哭起来,全身抖颤,讷讷地说:"我不配。"可是,确实无疑的,四泯是配的。单看他能在我跟前活了这么多年,就明白了。他是我内心残缺的形象化,我伤不了他。从此开始,我再也不伪装自己来满足父母了。

父亲和两个哥哥天天起劲地操练军队,隔着老远,我可以听见沙沙兵士疾走的声音。我病卧在床——这是我免于上场唯一的理由。我知道父母对我的不满已经酝酿到爆炸边缘。为了这原故,他反倒避着见我,怕见了我会动起大的怒气。母亲一天总上来十几次,有时不敢说什么,只无限忧虑地坐在床沿,有时用轻柔的话问我:"红儿,这样的大暑天,裹着棉被不难受吗?"我冷淡地回答:"不。""红儿,你不去加入你哥哥们吗?"我依旧只答一个字:"不。"她沉吟了一会儿,略有些安慰地说:"这样也好,免得去参加那些流血的战争。"我干脆用被连头裹了。

事情发生的那天下午,仿佛一切都有征兆似的。陡然暑热起来的天气,一点微风都没有。鸦群在园里嘈吵着,操场传来大群步伐移动在沙地上的声音和不时一两声作为号令的擂鼓点子,郁郁地传过来,好像是要在无限的沉闷中催我上路。在我焦躁不安到了极点的时候,蓦然一道恍恍的青色影子像冰凉的手一样拂过我发热的头。我开始渴望到有河的地方去,像是赴一个老早就准备好了的约会。我于是叫四氓偷偷给我备马。

从后花园的小门,我们回避别人的注意溜了出去。园外的小池和凉亭都笼罩在浓重如烟的暑气中,池鱼也傍着假山石的阴影里瞌睡不动。我们静静地溜出关口，正离城不远的时候，突然天穹轻雷连珠爆响，灰蓝色低垂的大气化作千万雨丝落了下来，仿佛是特意来解我的焦渴。我勒住马，任雨浸透我的头发和衣衫。立脚处已是旷野一片，土地发出嘶嘶的声音。四氓有些畏缩地躲在我马肚子底下。当雨水渐止，大气变得水晶似的透明而凉爽。虽然还隔了一里多遥，我可以清楚看见在我出生之前就已经流着的九弯河，像一条正在窜行于草丛中的蛇一般，在远处明晃晃地闪着，我突然起了极虔诚的心，倾向于那条河。

　　我于是下马，叫四氓先骑到柳树林去放放腿。四氓手忙脚乱，三番两次上不去，我一把将他推上马，用力拍了一下马股，四氓这才左倾右跌地跑走了。我觉得开心，河水越来越近，流水潺潺地响，又好像无数透明发亮的鱼虾在匆忙地唼喋。我把衣服一件件脱下，顺手扔在走过的路边，当我到了河边，已经完全赤裸了，只剩下腰间一向围着的红纱巾。当我走进浅水，轻如蝉翼的纱巾随水波飘了起来，我这才注意到它，自小，我就把它当作理所当然的东西给忽视了。我突然想到，带着它是毫无意义的。当河水浸拍到我的胸膛，红纱巾像是懂得我心意的自动离开了与我身体的缠结，随水波漂走。奇怪的是——师父，在与它分离的一刹那,我觉得我的一切都无足轻重,我长久的忧烦都随它去了。然后……我以为是错觉,以为是孪生于我水中的倒影,从生着茂密芦草和莲花的浅水里,他冒了出来,一手捞起了那条红纱巾。清澈明亮的水珠顺着他被莲叶映照得微青的胸膛往下滴,他把红纱巾围上了他的肚腹,露出一口细致的白牙,他冲着我调皮地笑,仿佛要打破我的幻觉似的,以金属般的声音说话了:

"这可是你送我的?"

"不,我送给河的。"我说。

"我就是河。"他笑出声,同时向我扑了过来。在蓝色天穹的背景下,他张开的两胁,带起蝶翼鳞粉一样纷飞的水滴。我也笑了起来,可是他已扑到我的身上……

师父,师父,我到现在还不能相信,那是不可能的,水中几个翻滚之后,他的手臂松开了,身体无力地浮起来,竟是一具尸体……

河水变得冷澈透骨,在五月的盛暑天气,我完毕了我的洗浴,波光粼粼流动的水带走了围着红纱巾的一个身体……

师父,对于天上的雁、林中的兽,我克制不了犯了血的罪。可是,这一次,我似乎完全不能正确地追忆出当时的情况。是那天的下午,由于渴望清凉的河,我涉水沐浴,杀死了一个不知名的少年吗?我仔细地归纳我的过去,我知道,我将付出代价……

哭泣的声音不断回响在幽冥的山谷里,渐渐弱了。四氓仍旧叨念着一些毫无音调的言语,太乙没有注意听,但是四氓突然亢奋起来的声音,使他的心一下子回到了官府的花园。

"那真是一匹漂亮的马,黑得发亮,比人还高出一个肩来,四蹄是白的,公子替它取名叫踏雪。除了少爷,从来就没人敢骑它。那天少爷叫我骑了先到柳林子里去瞧瞧,老天,真像腾云驾雾一样。从小我的腿就不灵便,行路对我而言是最大的苦事,可是第一次我感觉我是飞起来了。两旁的风景和错映的柳树都被风吹得往后倒,等踏雪好不容易缓下步来,我看见一幅奇怪的景象,图画似静止的,两个少年站在及腰的浅水处一动也不动,彼此凝视,连天穹美丽巨幅的云卷都凝止了。一个,自然我认得出是公子,另一个,啊,道长,我该怎么说呢?人人晓得九弯河有个专司陈塘关地方雨露的河神,是东海龙王的儿子。如果不是他,为什么那个少年通体透青,且有着鳞纹。然后他们似乎起了什么争执。我下不了马又隔得太远,听不见他们的言辞。我看见他向三公子扑了过去,我的心都跳上口腔,水波被他推得有人那么高。白花花的,公子就和他在水中厮打起来……

踏雪一声嘶鸣,高举前蹄,把我从马上一跤摔下来。等我迷迷糊糊站起身,公子已经穿好了衣服,白得像纸上描画出来的、公子的面孔,头发犹自滴着水珠,不,我似乎察觉到公子淌着泪,我预感到祸事临头。但在心中我还是告诉自己:公子是神,公子什么都不怕。可是河水是那样平静,刚才河神的出现,可只是我骑马骑昏头的一个幻象,后来,到那事发生,我才知道是公子杀死了他。

回到家里,已是黄昏时分,公子闷声不响回了房。我悄悄溜进花园,几个侍卫仗着长矛仓皇地站在桂树边,似乎发生了什么严重的事。我上去问了好几遍都无人搭理,还是那个与我比较相熟的长伍告诉我:三少爷闯祸了。

西斜的阳光照在高大的白粉墙上,反射进四面透空的大厅和长廊。一会儿,几个丫鬟扶夫人疾步走了过去,我看见他们由大厅的后道穿进去,躲在大厅的屏风后面,似乎在探听什么重要的机密。夫人的脸色雪白,似乎已经哭过了。我这才不顾老爷的禁忌,躲在西边的窗格上偷看。

奇怪啊，我一向以为老爷是最大的，可是我分明看见一个身穿白袍，长须的中年人居然坐在老爷的上位，老爷竟坐在侧席。

黄昏的阳光在新刷白的粉墙上反射得很厉害，一寸一寸移转在大厅里，朱红的光渐渐照上白衣人的脸，我看见他蓦然从怀里抽出一条红纱巾来，严酷削薄的嘴向下弯成了一个弧，他高声地嚷：

"有了这个证据，看你如何护短！"

我看老爷也变了脸，声音都颤抖起来，奇的是一个脾气比谁都火爆的他，竟低声下气，向他一再解释，说是三公子卧病在床，绝对做不出杀人的事来。

我吓得六神无主，可是东海的敖光来向他儿子讨命来了。我看来看去，白衣人只是个普普通通的文士。可是我平常也和蚕房里的嬷嬷聊过天，说过龙王的故事，敖光若是会出现在城里，哪里会以真身示人。这时候，厅里的光线越来越强，四面粉墙交互折射的夕阳余晖飞快地转移在厅堂内，我的眼眩了，白衣人的身体仿佛在光线里暴长，白衣飘动如在风中，似乎要随时显出龙身来向老爷威胁。确实的，老爷缩小了，害怕得厉害。三公子似乎也察知前厅发生的事，带着他那把惯常把玩的镶玉小匕首，飞也似的由长廊跑向大厅,未干透的头发尚贴黏额上,脸上透出棱棱的杀气,五官的形状都变了,眼睛斜撑着,好怕人。我一把抓住他的衣袖,哭着求三公子千万不能进去和龙王争吵,他甩开了我。大厅里的光线转成朱砂那么红,我不敢再看下去,我只是个卑贱的小人,万一龙身显示,我只有死路一条,我甚至用手塞住耳朵,可是依旧可以听见老爷大声叱骂三公子的声音,说什么惹了灭门之祸什么的,还提什么从公子出生就带了不祥的红纱巾什么的——

然后我听见妇人掩抑不住的哭声,叫儿的声音,很微弱,可是我知道是屏风后面的夫人。在延续的哭声中我听见公子的声音,一个字一个字,仿佛由牙关里咬出来:

"——我是个罪人,所作所为不能报答父母对孩子的期望。今天闯的祸一切由我一人承担。但是我心里只想到母亲所钟爱、抚育过的、我的肉身,以及父亲所寄望我成立人间功业的骨器,原都只是父母所造成的,今天我犯下了连累父母烦心的大罪,我只有把属于你们的肉和骨都归还给你们,来赎我内心的自由——"

锵然一声,是小匕首弹动的音响,我急切扶上窗格,只见移转的夕阳已红得像血照着厅内的每一个人。三公子跪在厅内的正中央,袒开了肚腹,右手的小刀高举,柄上的宝石光闪闪发亮。那是最后的一道光芒,然后大厅暗了下来……

我不知道到底是我惨厉地叫了一声,还是出于他人的喉咙。我不知道到底是我的眼睛昏黑了,还是太阳突然掉落山去……

师父,我的哭泣并非虚幻,虽然此刻的我比一粒微尘更轻,比蝶翼更薄。我四处游转一无定处,可是我的心还是爱着这个世界的。对我而言,天上飞的,地上蕃滋的,都是太美的负荷。我晓得东部平原上的战事就要开始,两个勇武过人的哥哥即将率领精兵走向沙场。我的红纱巾展开时,我看见成千的尸骸,号哭的妇孺,旋飞的兀鹰——这是为明天的世界的奠基,可是明天的信仰又是什么呢?我看见出卖色相的妇女,我提过的,在后城,为饥饿和欲望所驱逐,四处游走,如果真有一种大满足足以填她们的渴欲,她们不会再继续出现在泥泞的街角,且蕃滋哺育出渴欲的下一代。一天继续着一天——当我脱离自己的忧烦,才发觉这天穹太蓝,而天穹下的……

那天我拿着匕首,下定决心,要得到我的自由。可笑的,我的书童,四泯泪涟涟地抓住我的衣袖,说:"公子,公子,你不能去。你是神,你不要离弃我。"我忍不住泪水。可怜的、残缺的四氓,我说:"四氓,我是神,神有神要走的路,等我去了,我不会忘记你。有一天我会教给你无上法力,你可以飞得像天上的燕子,跑跳得像山野里的羚羊……"

我终于用血偿还了我短短人间一切所有亏欠的。我得到最终的自由,我可以俯临人世。没有时间、空间的世界于是变成平面的图画,无一处不和谐。我应该快乐。可是师父,就如你听见的,我还是在哭,忍不住的眼泪使我还想加入到世间的不完美里去,而且,在眼泪里,我看见波光粼粼的河,就像是在那个五月的下午……

四氓抬起头,泪痕已经干了,窄小、哭红了的眼睛在稀薄的眉毛下闪闪发亮,他恢复原来的坐姿,傍着盛开的番红花,又开始前后摇摆起身体,哼哼哈哈地唱起歌来,似乎忘了太乙的存在似的,夹杂着暧昧含糊的独白:

"……公子舍下了他的身体,驾着彤云去了……也许他会在快乐里把他可怜的四氓忘了,可是只有四氓,我知道公子只是来人间走上一遭的神明……我要为他编一首歌曲,唱给街上的孩子们听……许许多多年前,陈塘关总兵官的夫人,生下了一个红色的彩球,散出三尺宝光……他为了要获得更高的法力,他把肉还给母亲,骨头还给父亲,笑嘻嘻地驾着云飞走了……"

四氓突然停下来,微侧着脸,怀疑地问自己:

"……不过,公子的身体已经留在溅血的厅堂里了,乘着云飞走的该是什么样的形体呢?让我想想……"

打早晨离开官府起,太乙就一动不动地坐在九弯河的柳荫下,像一枚被人遗忘的棋子。落在他脚上的一只青蚱蜢也丝毫没有要离开的意思。

杨花和着轻尘飘着,新绿的柳叶闪着,莲花摇曳着。河水像是静止,又像是流着。时间像是在摹写昨天,又像是全然不同了……

……那天下午,我脱下自己所有的衣服,随手委弃在经过的路边。我走进九弯河的浅滩,沁凉的水,野生的苇轻拂着我的胸膛,闪烁的水光充满我的眼。我想一直走下去,可是盛开的莲花的香气留住了我……如果说我仍有权留恋的话,如果在我得到无限的自由之后仍然有所要求的话,师父,在那条我犯了罪的河里,让我变成自开自落的莲花……

想到四诓唱未编完的歌，太乙竟莞尔笑了起来。他站起身来，拍拍在膝上的轻尘。走向河岸，将那朵开得最无顾忌，向岸上横伸上来的红莲摘下，勒下花瓣，就着水浸白的砂岸，铺成三才。又折断了莲梗成一段段的骨节，接着上中下、天地人铺成卜象的图形。太乙静立，端详图形良久良久……

"红儿，痴徒，你到了这个地步还要向师父要一个形体吗？这铺在地上的，就是等你来投化的身体了。这样，四诓的歌曲就会有了一个很美的尾巴——哪吒弃舍肉骨，化身莲花，变成无上法力的神人……"

不知过了多少时辰，天候渐渐晚凉起来，微风吹动着太乙的衣裾。阴影落下来，埋没了太乙的眼睛和鼻梁。守候着，守候着，站在等候魂魄来临的莲花图形前面，倦鸟回巢了，空气那么静寂。渐渐地，太乙的左眼亮起了一朵端丽的莲花，右眼也亮起了另一朵；可是在心中，不偏不倚地，它们合并成一朵，在永生的池边。

哥儿俩

一

　　这真是不同寻常,当他们把端坐在藤椅中的舅父放落地上,我心里一阵没来由的兴奋,忍不住想笑,可是看见舅父脸上肌肉僵硬,铁铸似的,又把笑意给硬吞回去了。舅父藏青色丝棉袍下摆污湿了一大片,一只皮鞋也不见了,白袜上沾满了臭烘烘的泥浆。

　　那年冬天我正缩在小阁楼里做寒假作业,突然邻居郭大妈来将门拍得震天响,用刮得人耳朵生痛的声音直嚷:"不得了喽,你家老太爷掉进阴沟里去喽。"我便和表哥仲奎奔了出去。在黢黑的窄巷里,飘着星点雨丝,隔着一段距离就看见舅父正跪倒在坑洼不平的泥地上,左脚斜踏进阴沟里。他一面耸动挣扎,一面大声叱骂,我听得分明,他说:"他妈的!"他还说:"他妈的,栽在这鬼地方。"

我心中直乐，从没听舅父动过这样的粗口，好新鲜。

等我们七手八脚挽着舅父将一只脚从阴沟里抽拔出来时，舅父已经不大好走路了，扶撑着长满暗苔的路墙边直喘气，嘴里哈出长长浓浊的白烟，那年冬天，真冷。

一伙人在沟旁僵持了好一会，雨点直往衣领里钻，小冰珠似的，我冷得把下巴颏都缩进制服领子里去了。最后还是郭大妈出的主意，叫仲奎回去搬一张椅子，又唤郭叔来帮忙，三人抬轿子似的将舅父扛着行走。这时街巷左右邻居也有推门出来伸头探望的，郭大妈格外奔前奔后，招拂坐在藤椅上前进的舅父："可小心哪，别再翻下来啊！"

舅父俨然高坐，脸上一点表情都没有，庄严得可以列入学校教室墙上横悬的古代将相图表里去，被一伙人前呼后拥地抬回了家。

藤椅才落地，舅父向郭大妈和郭叔叔致谢："多麻烦你们了，请坐一会儿吧。"

郭大妈想是早就想进来看舅父家的摆设了，只是平常舅父从不与邻居往来苦无机会。此刻她坐在日式客厅的半旧漆皮沙发上，身子前倾，眼瞪得老大，一会望望竹头书架上暗沉沉的重叠线装书匣子，一会儿看着四壁白粉墙上悬挂的山水字画，她的面容骤然呆木下来，像被摄去了魂灵似的，嘴里发出啧啧的声音："——邱老太爷是教授，又是出名的画家，我们哪，早就想向老太爷讨张画来挂挂了——这巷里潮湿得紧，我那儿的墙壁总是霉霉斑斑的。如果有张字画挂挂多好——哎呀，真是的，老太爷的脚不要紧吧，不要紧吧。"

"嗳，嗳，哪儿的话，不要紧——"舅父的声音平板得倒像是在下逐客令："仲奎、小昆，去倒茶来招呼客人。"

"不用了，老太爷早些歇着吧，改天再来探望您了。"郭叔和郭大妈告辞。

他们才出门，舅父的脸孔突然歪塌了，露出痛苦的神情，弯下腰去，将白袜子褪下，又将棉袍撩起，把裤管卷到大腿上。枯干多皱的膝盖隔着袍子犹自青了一大块，摔得可真不轻，我看见舅父摩挲着关节，瘦骨嶙峋的脚掌在触抚下微微颤抖着。

"要不要去找叶阿姨？"仲奎怯生生地问。

叶阿姨是市立医院的护士长，由于舅父的嫡亲弟弟——在台独身的二舅——身体一向不好，经常要发气喘和其他毛病，医院里进进出出的，和她混熟了，我们都唤她作叶阿姨。那年冬天二舅正住院，我和表哥送汤水去时，都是叶阿姨在照护他。

"没什么大惊小怪的——仲奎,去看看厨房里的火还够不够再接一个煤球,煮锅开水,我要烫烫脚。"舅父说。

仲奎表哥答应着去了,我垂手站在一边,观望佝偻着肩背的舅父,突然心中一凉,预感到舅父在这空当必然又要考问我的功课。便趁他还在抚伤的当儿,也一溜烟地跟着表哥去了。

下了两磴石阶,花园里一阵冷风袭来,我连打了几个寒噤。这幢日式宿舍原有的厨房早就在几次台风吹刮下半倾圮了,后来改用石棉瓦和木料在花园边增搭出一间三角形的小屋,权充厨房。旧厨房里便成了堆旧家具物品的地方,里面有成箱从大陆搬过来的书籍、瓷器、衣物,多少年也不曾打开过,是舅父准备有一天能原封搬回家乡的,然而此刻尘灰蛛网密布,可以听见老鼠吱吱打洞的声音。

花园的厨房里没有亮灯,又冷又暗。表哥蹲在洋灰地上,对着一个泥煤炉,哗啦哗啦地摇着一把破竹篾扇子。炉上半熄的煤球上架叠着一只青黑色未燃着的机器煤球。我与表哥并肩蹲在暗处,看火舌从红亮小炉门往上升,那火舌很调皮,在煤球的十来个孔中跳跃出没着,并且蹿发出辛甜的烟气,熏得人头脑也沉滞了。

微微明灭的炉火照亮了表哥的半边脸庞,两道蚕眉下温驯的眼睛一眨也不眨，仿佛在静静地沉思做梦。表哥皮色长得白，身材瘦而高，想是书读多了，长年背脊总是弓弓的。我则长得黑壮，大手大脚，两人若一同走上街去，七爷八爷似的，谁会相信我们是表兄弟。

爸爸每回骂我，总要拿表哥作例子："看看人家多斯文，每学期都在师大附中拿第一名得奖学金，哪像你整天抱个球滚得一身泥，长得人不像人、鬼不像鬼，还不如跳淡水河算了。"就是这样，爸爸在寒假还把我押送到了厦门街舅父家中："去沾点人家的书卷气再回来吧。"爸爸说。

他们家的书卷气可真是把我憋闷疯了。舅父一天到晚抽着板烟斗，一言不发地坐在他的山水画前发愣，或是准备他给学生临摹的画稿。表哥则整日窝在阁楼里看书。人和人就是这么不同，我想：我功课固然太差，像表哥这样文弱，连球也不会玩，也未免过分。如果把我和表哥一加一除以二该有多好……

"小昆，帮我找把火钳来。"表哥把我从半睡半醒的状态下唤醒了。

我和表哥用火钳将燃着的煤球夹起，放进另一个空炉中，将大铝锅盛满水燉上，水珠滴入煤火发出嘶嘶的声音。火舌渐渐稳定，厨房里散布了一层淡漠的明亮，显露出暗黑色、潮湿的水泥洗涤台，放剩菜的绿纱橱，橱门上一只像癞疮似的大灰蛾在缓缓爬行着。墙上挂着被油烟熏暗的美女日历，电影《桃花江》里的钟情作村姑打扮，站在布景花树下扭着大辫子假笑着。

二

阁楼里一架铁管双层床，表哥睡下铺，我睡上铺。那天晚上，才睡了一会，朦胧中好像有人站在头边，我蓦然惊醒过来。

我睁开眼，看见表哥不知什么时候下了床，趴在阁楼窗口张望。窗外的月色透进来，照着穿白色紧身棉毛衫裤的表哥，一动也不动，单薄得像片纸剪的人形，吓了我一大跳。

"表哥，你在做什么？"我问。

"嘘，你听！"表哥半转过脸来，面色凝重地说。

厦门街冬天的深巷里是静寂的，偶尔可以听见狗吠的声音，仿佛是来自极辽远的地方，一只狗的叫声会引起第二只第三只的回应，然后我听见拔尖的一声长嚎，那嚎声好像是一根银亮紧绷的细弦，直通向天边。

我失掉了睡意,坐起身来:"听什么啊?"

在狗吠声中,有木屐踏在石子路面单调而响亮的步伐声,由远而近。表哥立刻把脸凑近窗子,仿佛要把脸都贴平在玻璃似的。他的动作使得我也又紧张又好奇地推开了暖和的被窝,从贴近的上铺的窗口往外望。

笼积着尘灰、昏暗的阁楼玻璃窗,像冰块一样沁人肺腑。我两手趴着由上往下望,窄小的木质窗栏把外边的街道框成了一幅平面的图画。

我看见一个穿皮夹克的男子,两手插在裤袋里,缓缓走到厦门街的巷落。

"就是他,你看,他就是环河帮的开山老大。"表哥指点那走近的人影说。

"真的?"我惊喜地说。关于环河帮的故事在同学里我听得多了,只是从来没见过。只可惜街上光线太暗,那人又翻转了皮夹克的领子,遮住了大部分的脸颊,只看见乱蓬蓬的一堆头发。经表哥这么一提,我对这男子的姿态产生了极大的倾慕与好奇,特别是他紧窄的裤管绷得腿像根棍子似的。跋木屐的赤脚,是那样地迈跨着无情的八字步,在"克托、克托"的声音中走过。

"表哥,你看他的腿一弯都不弯,说不定裤管里藏着一把武士刀哩。"在同学聊天中我听过种种关于太保在身上暗藏武器的方法。

木屐的声音和人影消失在巷子彼端的阴影中,表哥咳嗽起来,转过身,苍白的颧骨上浮着两朵红晕,咳过以后,他含含混混地说:

"武士刀?当然!……他们还用飞轮……他们打起架来好狠……我看过,铳得一身都是血……要把手脚都砍断才算数……"

我正听得有味,没想到平常规规矩矩的表哥竟也懂得这么多,不由得敬佩起来。表哥突然神秘地笑了,又说:

"……我还有他的手指。"

"什么?"我大为惊讶,以为听错了。

"我拿给你看,可千万不要告诉别人哦——"

他拉开壁角木头书柜的门,里面整整齐齐几层都是表哥从小学以来用过的陈旧教科书,从一叠历史、地理灰蓝色的书籍背后,他掏出了一个做化学实验用的玻璃小瓶。扭亮桌灯,我看见他手中密封的玻璃瓶里果然有一根发白、似蜡做的手指,悬浮在透明的液体里。一下子,我的汗毛和头发都直竖起来,我讷讷地说:

"这手指是真的还是假的?"

"当然是真的,你看不见插在皮夹克口袋里的手,右手只剩四只手指。"表哥说:"去年六月的一个晚上,他们挥着武士刀从巷尾一直追到我家门口,后来听说是青鸟帮向环河帮寻仇,四五个人围攻环河老大,我在阁楼上看得清清楚楚。环河老大可真行,背靠着我家的大门,上衣全撕碎了,一脸一胸都是血,青鸟的人用刀往下劈,老大也没有武器,就用手去格……"表哥描述得眉飞色舞,又把手掌并紧,做出赤手格刀的姿态:"……那时大概是有居民通知了警察局,他们就奔散了。警察还按了我们家的门铃,进来询问了一番,爸爸气得要命,对警察说:'这帮下流痞子,应该统统抓起来,送到绿岛去。'警察并且在门口,将地上的一摊血印研究了又研究……"

"血印?"我紧张地问。

"老大留的么——"表哥皱着眉头说,仿佛嫌我傻得无可救药,我却不放松,继续追问:

"那手指呢?"

"那手指是老大的,它飞过了墙,挂在院子里的榕树枝上,我第二天才看到的,我就把它泡在酒精里。"

"老大有没有回来找他的手指?"

"当天晚上,警察走后,有两个小太保来到门口张望了半天,大概是老大派来找手指的,后来又过了几天,他自己也裹着绷带来过。"表哥说着又小心翼翼地将瓶子收回橱柜里,将木门拉上。我半天屏住了呼吸,努力设想刚才穿木屐走过的孤独男子和这手指的关联,我仿佛回忆起,刚才当他经过舅父家门口时,藏在暗影里的眸子曾经冷淡而又带着留恋地往这边地上瞥视了一眼。这念头使得我毛骨悚然地兴奋起来。

"警察没有将他们都捉起来?"我问。

"警察不知道打架的是谁,邻居都不敢说。警察也来问我可曾看到些什么,我就说我什么也不知道。"

"你怕说出来他们会揍你?"

"我才不怕,我只觉得老大他们很棒。"表哥说着,扭熄了灯光,俯身钻上了床,房间沉入黑暗和静寂中。我一时睡不着去,眼瞪瞪地望着薄木拼成的低矮天花板,雨渍在粉漆上漫漶成各种幽深奇异的图形,其中仿佛有老大的手指在漾动着,向我勾引暗示着。我听到表哥在下铺的低微呼吸和咳嗽声,表哥也还没睡着。

"小昆——"表哥的声音从暗里升浮上来。

"唔?"

"小昆,我想起刚才你睡觉的时候——"表哥说:"——

我听见你在说梦话哩。"

"我说什么?"我好奇地问。

"我听见你叫'姆妈',是想娘了是不是?明天我陪你回家去玩。"

"我才不想娘,你才想娘。"我粗声粗气回了一句,才想到我从来没见过表哥的娘,听说是留在大陆没出来。

表哥不吭气了,我觉得有些后悔打断了谈话,很想爬下床去跟表哥道歉,再谈一谈关于老大和手指的故事。突然间我觉得又孤单,又害怕,很想跑下去和表哥一起睡……

三

才要睡过去,舅父在楼下叫起来了。我和表哥匆忙披了衣服跑下楼,看见舅父穿着睡衣裤,花白的头发刺猬一样倒立着,正坐在客厅里抽着板烟,一屋子香浓的烟气。他一面将烟斗咬得吱吱响,一面从牙缝里说话:

"我的腿痛得不行了,仲奎,你到巷口去打个电话给叶阿姨,看看那儿晚上有没有急诊,如果有,就叫一部三轮车进来。"

表哥出去后,舅父仍坐着发愣,烟泡一个比一个大地从他松紧吸吮的嘴皮中冒出来,好像随时会放出一个无比的大烟团,把他衰老伤腿的身体整个包围起来似的。突然间,他把烟斗从口中取下来,笑吟吟地问我:

"小昆啊,你倒说说看,你觉得我的画怎么样呀?"

我吓了一大跳,半晌才懂得了他的意思,是问我墙上一幅他新近完成的山水画作品。我战战兢兢地将那幅画轴看了又看,听爸爸说舅父的画丝毫不阿俗取媚,是得了元朝什么大痴的笔意。然而我只看见许多荒荒散散的墨点、小石头堆成的一座大山,没有树也没有人,半天也看不出个所以然来。

幸亏舅父似乎很快就忘记他所发的问题,眼神渺渺茫茫起来,或许是沉进他自己山水画的意境里去了吧。

一会儿门口传来踩蹬三轮的铰链声,是仲奎乘坐着三轮车回来了。当我帮着舅父套穿长袍时,才发觉舅父的腿的确扭伤得很厉害,每做一个动作,他都在强忍着呻吟。

在医院里,一位实习医生给舅父的腿上了夹板,说是在筋肉复原前,短期间不能受震动,便也由叶阿姨安排,住进二舅的病房,刚巧二舅住的二等病房还空着一个铺位。

叶阿姨用轮椅将舅父推过灯光照耀下,光滑如镜的市立医院长廊。叶阿姨不像其他院内面孔冷冰冰的护士,她仿佛总是开心的,见了我们总免不了摸头捏脸,亲昵得叫人害怕。她的身材胖大,看起来三十多岁,也不知她结婚了没有,表哥曾暗底下说她:"——看她那副肉麻的模样,一定是个'没有男人的老处女'。"

这时候叶阿姨头上戴着雪白僵硬的小帽,挺胸突臀,迅快地推着轮椅上的舅父,倒更像是个精力无穷的母亲,要把婴儿推到公园里去做日光浴似的。

"也让你去看看你那宝贝弟弟吧,这两天真是教人受不了啦。"叶阿姨一面走一面叨叨地说,"叫、闹、不肯接受注射,怎么你们兄弟两人就一点也不像,还是你比较听话。"

我和表哥在旁直做鬼脸偷笑。舅父坐在轮椅上仍旧直强着细瘦的颈项,只落在叶阿姨手中,威风不起来了。

进入三〇六病房时,二舅没睡,手上吊着的盐水针还滴剩了半瓶。看见舅父进来,他在白被单下瞪大了眼睛,挣扎了一下,仍然坐不起身来,用嘶哑的声音问道:

"喂,和尚,你怎么,回事?"

"摔伤了腿,跟你做伴来了。"叶阿姨大剌剌地代舅父回答,将舅父扶上了空床,替他把枕被掖好,又回头向二舅妩媚地一笑。

"摔得,重吗?——上了,年纪要,特别小心,骨头……"二舅努力从枕上扭过头来,两字一喘,断断续续地说。

"我没有什么关系,你好些吗?"舅父用严峻的口气问候他。

"你们都不许多说话,很晚了,该睡了——"叶阿姨转向舅父说,"一会儿我给你拿止痛药丸来。"

"我不,好,我……痛得很,我也要,一些止痛药……"二舅躺在病床上,看起来比舅父显得更老,一头枯干苍黄的头发,从下颔起,他藏在被褥底下的身体,似乎也瘦得不存在了。

"你没有啦,你早吃过了。"叶阿姨说。

"哎呀,我的,妈妈呀……我胸口,好难过啊……"二舅突然提高了声音号叫起来,伸在被褥外连着滴针橡皮管的手胡乱挥舞起来,差一点将悬吊的盐水瓶也打翻了。

"你看看,你看看,你做哥的也不管管他。"叶阿姨匆忙过去,像老鹰扑小鸡一样压住二舅乱动的身体,二舅竟哭了起来,哭得口涎都流到枕头上。

"你真病糊涂了——"舅父气得颤巍巍地从病床上坐了起来,"你怎么就不能忍耐一点,这成什么体统?"

"和尚喂,我要……我的妈妈……"二舅的声音低下来了,脸孔哭皱成一团。我和表哥都在一旁看呆了,从来没想到一个老人会哭成这样,还嚷着要妈妈。

这时更出奇的事发生了。我看见半披着毡被,坐在病床上的舅父,一动也不动地俯视抽泣着的二舅,像一尊泥塑木雕的罗汉像。他的银发发光,脸上变成怜悯和慈爱的容颜,突然间两滴清亮的泪水从他的眼角溢出,迅速滑过枯瘦的面颊,直直掉落在浆洗得十分硬挺的白被单上,铅水一般,落地似乎可以听见,发出"嗒"的声音。

"你们两个小鬼可以回家去啦。"叶阿姨向我们挥手,故意做出滑稽的恐吓状,将呆看着的我们赶出了病房。

走出门外,叶阿姨似乎有些心神不宁,捏着表哥的膀子走了好一段路,向他叮嘱明天要买只土鸡熬汤送来的事,反复叮咛着作料、火候之类的事,说了半天,突然叹了口气说:

"我们今天给你二舅做肺部检查,报告还没出来……我看情形恐怕不太好。"

刚下过一阵小雨,街上有点水渍,离离映照着月色,这夜晚格外显得清寂寒冷。我和表哥一前一后,两手插在裤袋里,缩着脖子往回家的路上走。一辆空三轮车摇摇晃晃地从背后超过来,车夫回头看了我们一眼,我们并没有上去。

我从来没有过深夜行走在街上的经验,每经过一些黢黑巷落时,都忍不住要张望一下,想到那儿也许会出现"老大"的踪迹,觉得又害怕又刺激。然而我只见到一只瘠瘦的黄狗,把前肢和头俱都插在垃圾堆里,身体猛烈耸动着,"合合"地在大口吞吃着什么。

"为什么二舅唤你爸爸作'和尚'?"我突然想起方才的事,问表哥道。

"爸爸小时候算八字,说是命硬,要许给了佛才好,家里就替他取了和尚作小名。"表哥说。

对于读线装书、画国画、穿长袍的舅父,他在大陆上所度过的童年和经历,对我来说,是辽远得无法想象的事,我疑惑地又问:"刚才你看见你爸爸哭了吗?"

"我看见了。"表哥答。

"我奇怪他为什么要哭?"

表哥没有回答我的问题,却转过身来低声问我:"冷不冷?"

我摇摇头,感觉到冷意打腿肚往上直钻,低头望见自己卡其布制服裤下露出的一截绒布睡裤边缘,拖在地上,已经有点湿了。我故意把脚步踏得踢响,溅起地上更多的泥水。表哥恶作剧地从背后将冷手往我领脖里探抓，冻得我一缩头，我们俩一道笑了起来。

"饿不饿？"表哥又问，把手搭在我的肩膀上。

"不饿。"我说。

我们又经过了一个黝黑的巷口，这回有表哥搭着肩膀走路，觉得一点也不害怕了。

四

我手抱着头，手肘顶住靠墙的沙发椅垫，两脚一蹬，就倒立起来了。从这样颠倒的姿态下，我再度研究舅父的山水画。这回我发现旁边有一行字，怪怪的看不清楚，倒立着认字真不容易，我胡乱辨认着："……无计可……补天……什么什么荒山……顽石什么什么……"不小心腰杆一动，差一点倒下来，两脚悬空乱踢了一阵才又平衡过来。

"表哥，你看出什么名堂来没有？"我问。

表哥坐在舅父惯坐的靠椅上，口里咬着烟斗在吞云吐雾，两手搭在肚腹上绒线衣的皱褶里，两只瘦长的腿伸得长长的。他正眯着眼看画，就像舅父惯常的姿态一样：

"这个，虽然着墨无多，却有一种荒草的逸趣……"

说着他又从茶几上回旋烟斗架上换了一只形状不同的烟斗，塞上烟丝："不能与一般叠石架山相比，咳，今古沧桑，家国之痛……"

我大笑起来，表哥真绝，把舅父的腔调学得惟妙惟肖。肚皮一动，身子的重心不稳，身子也软了，便歪歪斜斜贴着沙发椅背倒了下来。一刹时我看见舅父画中的大山也倒了，山上的石块纷纷崩落，散进大烟斗放出的云雾里。

倒在长沙发椅上，我仍然抱头笑得肚子痛，直到壁钟敲了凌晨三下才止。舅父不在家，真好。

后来我和表哥轮次试抽舅父留在家中的七只烟斗，抽得头晕晕的，却一点睡意也没有。那年冬天的夜晚仿佛特别的长，永远过不完似的，在舅父厦门街的客厅里，一切陈设布置虽然都是老样子，却又像是都不同了。表哥没有说话，两道软眉毛压得低低的，像是在思索着什么大事。

抽完了烟袋里所有的烟丝后，我听到肚皮里咕噜咕噜响，一股酸水直冒到口里。我实在想不起来更有什么疯事可能在这一个夜晚再发生了，于是哑哑嘴说：

"表哥，肚子饿了。"

我们走下泥滑的台阶，闻到夜里园中的桂树正静静吐放着香气，穿过半倾斜廊檐，听见老鼠吱喳开会的絮语。

花园厨房门口有暗红的火光,仿佛在招呼我们进去。

煤球正烧得通红,厨房早已被烘得暖洋洋的,我蹲在炉门口烤暖双手,一面看表哥从绿纱橱里取出剩饭——我打量的那只灰蛾不知什么时候不见了,外边那么冷,会飞到哪里去?

表哥熟练地取水将剩饭搅拌起来,煮了半锅喷香的锅巴稀饭,又在泡菜坛里捞出一碟泡菜。就着厨房里的矮柜,我们坐着吃了起来,炉火加上滚热的稀饭一下肚,浑身都热腾腾的,我先把夹克给脱了。

表哥吃了几口,放下筷子,愣愣地望着我吃:"小昆。"他轻轻地叫我名字。

"唔?"我抬起头来,嘴里正嚼着一片绷脆作响的萝卜皮,我看见表哥的脸红红的,很正经严肃的模样。

"小昆——"他说:"——我们将来要过一种热烈的生活。"

我被他说话的神采迷住了,他的眼睛深深发亮,里面有一份平素所没有的骠野劲儿。

"小昆,我们要强壮,勇敢——"他思索了一会又说:"——我们要靠自己的力量去打天下。"

"我们干脆来组织一个帮好不好?"表哥静默了一会,

这样问我。

"好啊!"我掼下了手中的碗筷,几乎跳了起来,脑海里刹那闪过环河老大那穿着木屐,傲岸地走过窄巷的模样。

首先必须要有一件皮夹克和武士刀。我心里想着不由得手舞足蹈,"嘿!"的一声做了个环河老大空手搏刀的姿态。

表哥笑了起来:"可也不是叫你去乱打架啊,我们是要凭本领去打抱不平。"

我怀疑地斜睨了表哥一眼,文文弱弱的表哥能帮助别人吗?我说:"总得锻炼身体,把肌肉练得很棒才行。"

"光靠肌肉,没有头脑也不成。"表哥说,"我读过很多好书,我会借给你读。"

"那我教你打球,做运动,练单双杠……"我嚷着说。

"好啊!"表哥很兴奋,"只要我们团结起来,就什么也不怕了。"

我的头脑飞快地转动,未来的世界突然明亮起来,新鲜、丰富,充满了传奇和刺激。当我们收拾好碗盘,离开厨房时,我意犹未尽地问:

"总得有个名字。"

"什么？"表哥讶异地说。

"我们的帮啊——"我低声问，觉得有点不好意思。

"唔——"表哥沉吟了一下，说，"就叫作兄弟帮吧！"

我紧紧地拥抱住表哥，雀跃起来。

那是一九五六年的一个冬天夜晚，窗外弥漫着雾气。远远近近传来尖锐的狗吠。我们两人同在双架床下铺一道睡，在温暖的被窝里我们手握着手，靠得那么近，可以同时感觉到我的和他的心在跳跃。那一年仲奎表哥十五岁，我十三岁。

盛开的扶桑花

一

车队结着人潮,在这闹市街上,卷动着、延展着、推挨着,逐渐挤拢向一条大路,忽又偏散向另一条街道。马路边车站前,零星的人被抛下,牵挂在街旁雪亮的橱窗前,又有些人仿佛在那货品满溢、流淌出店面的污旧红布"减价"招幔下……

在这条金钱纹红砖铺成的闹区通道上,费艳华挽着假麂皮皮包,时时必须以手肘顶开迎面而来人潮的身肩,带领喘吁吁、矮胖个儿的杨太太通过骑楼走廊。

费艳华穿一身薄麻纱敞胸洋装,脖子上系一条同样花色的细窄纱巾,半黏贴在汗湿的肩背间。她戴着一副变色水银的宽边太阳眼镜,不时转动那盲黑的镜片向各个橱窗的方向。杨太太可顾不得浏览这闹市风景了,半低着油光

水滑的发髻,像一头下了决心的兽一样,随着艳华只顾向前闯,嘴里却半无意识地叨念着:

"——早就应该去探望你娘的,唉——怎么,你娘已经开始吃肉了啊?"

"早开荤了,我们大伙压着她吃的,那逸云斋的鸡倒不是……"

两人的行动倏忽被人群吞没,消失在无数仓促移动的身影和互相闪避的眼光下,仿佛是被一阵浪头挟藏了,又不知带离她们走了多远。再出现时,她们已站在逸云斋烧烤店油腻的玻璃门内了。

费艳华和杨太太此刻正聚精会神地审视躺在砧板上的一只全鸡,是如何在迅快闪亮的刀下,被大师父剁成整齐的碎块。杨太太两手紧紧交握着皮包,布满细致皱纹的圆脸在紧束的旗袍领口里,随着刀势的上下微微点数。

"——今早妈打电话来,指定我非买一只逸云斋的熏鸡不可,说是明天上供用。我路过才拉了杨伯母一道去西口街看妈。"艳华说。

"是啊,这点北方口味,别处还真买不到——也真是快,晃眼又是你爹的周年忌日了。"杨太太口里这么说着,眼睛却一眨也不眨地督视那堆鸡肉被排挤,一层油纸又一层花纸包扎成狭长四方形,"还记得你爹刚去时,在普济寺里做七念经,那一阵子费老太太真是脱形得不像样,亏得后来大志带了媳妇美惠在家一心孝顺。"

"提起我那四弟啊,不说也罢!"艳华撇一撇嘴,接过包好的熏鸡,手提着和杨太太一道向外走。刚推开店门,那门外的热流刹那穿过滴油、挂满烧烤禽肉的冷气房;来往行人交织的纷沓又像一道坚实的墙倒压过来,两人挣扎着才挤到街口唤计程车。

"爸爸一辈子事业顺利,退休后一向又没灾没病——杨伯母,并不是我做女儿的没心肝胡说,别人那时也都这样劝妈,真是替爸爸欢喜都来不及——"艳华一面搜索街上空车,一面说,"——闲来莳花养草,爱吃就吃一些、爱玩牌就玩一回牌,说去就去了,一点苦也没受。这样的寿终正寝,我们修三生还不知修不修得到这份福呐。"

"啧,啧,真是。"杨太太仿佛很遗憾地点头称是。

六月底下的计程车,车外玻璃上虽漆着斑驳"冷气开放"字样,车内却像火炉似的。车刚开动时,艳华和杨太太都不敢靠那烫人的绒布椅背,艳华虚坐着,尖尖猩红十指抓着前椅边缘。

计程车后座的扩音箱,扩大得不近人声的流行歌曲一阕接一阕播放着,充满这铁皮和玻璃包围的狭小空间,仿佛是窗外流动街景的配乐。

"爸以前最爱听凤飞飞这首《天堂梦乡》了——"费艳华说着随歌哼唱起来,"——一对、一对粉蝶逍遥飞翔,我来跳舞,你一起来呀,来歌唱。这个世界好似……多么~幸福,多么~美满,这里是~天堂……"

突然的一下紧急刹车,艳华手撑着倒还好,杨太太哎呀一声,向前虚栽了半截葱。

"他妈的,小鬼。"计程车司机头也不回,仅以一声短促的咒骂对车上乘客交代。

正是下班放学时分,炎炎西斜的日头下一群小学生过街,先是密扎扎、黑压压攒动的一堆,随着细碎加快的脚步,又散成各带着圆锥形影子的个体,横跑过晒得发白的柏油马路。车前面一个惶惶地向车内瞥了一眼,大概是被急刹车的声音给吓着了,紧抱着书包,那瘦小的脸骤然团皱起来,竟像个奇异的小老人似的,歪咧着嘴,要哭不哭的,快步奔向马路那一头去。

"这些没娘教的,干脆碾得分尸了事。"杨太太拿出手绢,拭擦脸上吓悸出来的油汗。

"每次见到这一堆放学的小鬼,心里就毛躁——"艳华在车子再度开动后,附和着杨太太说,"——半大不大的,像人不像人,就拿我家那几个来说,皮得不成话。过去也只有爸爸最疼他们,每次带回家,爸总牵着他们在花园里玩,任他们把扶桑花摘得到处都是。"

"说到你们家门口的那棵扶桑,也真是开得好,从来没有见过那样茂密,一年四季都开花的树,你爸爸总舍不得修它。"杨太太说。

"爸爸喜欢花,也喜欢孩子,总还盼着四弟那个宝贝早点结婚,给他孙子抱,现在美惠肚子里有了,他却看不见了——看不见也罢!"艳华说。

"啊!美惠肚子里有了,多大了?"杨太太惊叫起来,把艳华吓了一跳。

"你不知道?家里可闹了好一阵子。"

"这下倒好——"杨太太话说得又快又急,仿佛欢喜得不得了,"你娘一向最疼大志,以后更不知要怎么宠孙子啦。唷,想得到吧,大志要做爸爸了……"

"你哪里明白,可苦了妈了。"艳华别过头,闲闲地卖着关子。

"怎么?"

"——检查报告一出,四弟就作起怪来。"

"大志,哦,怎么个作怪法?"

"——怀孕的是美惠,害喜的倒是大志哪。"艳华说着扑哧笑出声来。

"嘻!大志害得哪门子喜。"杨太太也笑了。

"头疼,情绪不好,躲在房里不肯见人,已经好几天没去上班,听妈在电话里说,才绝。"

杨太太两道弯月似的眉毛飞到额顶,讶异地问:"这是怎么说?"

"谁知道?"艳华眼望着窗外,轻描淡写地答道,"大志一向脾气就怪得很。"

驶近金城路口时,前后车辆拥挤,计程车逐渐缓慢下来。焦躁的司机找不到缝隙,终于将车停死在街心,在前后左右乱鸣喇叭声中,将半截身子探出窗外,寻找交通打结的原因。

坐在车内的艳华撩开汗黏在耳边的发卷,看见杨太太还自愣坐在一边寻思,似乎觉得有些不安,开口说道:"杨伯母您别看四弟一向和和气气,不太说话,别扭起来可不是好惹的。"

"大志不是一向最乖最听话的吗?"杨太太说,"我还常和你杨伯伯夸奖他孝顺呐,都是你娘的福气。"

"福气、有福就有气——"艳华说,"记得那时候考不上大学,在家里足蹲了两年,害得全家人都像赔了半条命似的。后来好不容易考上淡江国贸系,真是祖上积德。哪知道他读了半年就不肯再读,可把爸给气得蹦了起来。爸的脾气您可是知道,我们谁敢撩他,偏就有我这四弟居然敢和爸顶上。两个人在客厅里比赛嗓门,吓得大家都躲进房里避风头。吵到半夜,没声音了。我探头出来看看,你猜怎么个景象?爸和四弟脸红红的,喝醉酒似的瘫坐在客厅沙发上,痴痴地对望着掉眼泪哪。从来我也没看过爸掉过半滴眼泪,爸后来什么都顺着四弟,给宠坏了……"

"唉!"杨太太长长叹一口气说,"天下父母心啊!"

杨太太正说话间,一辆后座运载着三层竹篓货物的重型摩托车,不知从哪里钻了过来,贴着计程车车窗刹住,没熄火的马达轰轰喘哮,浓厚的白烟打排气管里喷漫出来,直灌这计程车厢里。费艳华和杨太太呛咳起来。从车窗只看见摩托车骑士那光裸粗壮、黝黑的臂膊,筋暴脉突地紧抓着车把离合器。费艳华一手掩着嘴鼻嚷道:

"喂,这个人怎么搞的,要死了啊!"

那骑士低下头来,竟是一线乱发蓬飞,布满尘灰的大脸。

他漠然地盯艳华一眼，嘴嚼动两下，"噗！"地吐一口浓稠的槟榔渣，几乎溅了艳华一脸。艳华和杨太太便泥塑木雕似的呆住了。

路口澈响起消防车的铃声警笛，风驰电掣般从前方通过，当铃声削弱在远方，打结的车辆才松动下来。在此起彼落的喇叭声中，黑脸汉子一挺身，那胯下的摩托车竟像一匹马似的纵弹起载着比人还高一个头的货物，迅快地从车隙中走之字形消失了。

"下流，无聊——"艳华这时才狺狺骂出话来，"——真是倒霉。"

过了一会，艳华却又笑起来："今天可不能打牌了，一定输钱。"

"是啊，你看拦胡多少次。"杨伯母笑着附和。

在这六月的湛蓝天空下，悬浮着摇荡的"大厦招售"气球，连绵新起的高楼及竹头鹰架，俯临着街心成串堵塞着的车辆。艳华和杨太太的计程车由涩慢而轻快，伴着流行歌的乐音，夹在前后的车流里驶远了。

二

这是一帧发黄的放大照片：

一位五十左右，穿长袍的男子，舒适地背剪双手，挺着饱满的胸腹，透过玳瑁细边眼镜，略带矜持地往这边瞧。

背景是一角凉亭，亭外有郁郁的松针和奇拔的山崖，一线流泉飞挂入缥缈云烟，像极了国画中的山水。

相片角落上题了毛笔字，大字是秀劲的行草，写的是：

独自莫凭栏

边上是麻密的小字，还印上篆书石章：

一九五二年摄于乌来飞瀑前
一九六〇年追忆黄山景色摘诗自遣
浙江费晓楼于台北寓中

相片镶嵌在中式细木框中，以黄铜挂钩悬在发了一圈圈霜片般霉迹的白粉墙上。那霉斑恣意延伸着，转过墙角、一只倒插着鸡毛掸子的仿清描花大瓷瓶，那霉迹却又长了脚似的转向另一面墙边的黑白电视机背后。

电视机的音量被扭得极小,却是开着的,在昏暗的费家小客厅里闪闪放光。随着电视的闪光那相片框中的山水人物便也颤颤的,像电视连续剧中的人物一样,仿佛瞬间也有变幻的表情。

"——不知怎的,我有时觉得他显得忧愁,诉说着什么委屈似的……"费老太太和美惠并排坐在面对电视机、靠窗的旧漆皮老式沙发上。两人手中都正在折叠着冥纸。美惠会意费老太太的话,转头向相框中费晓楼的相片淡漠地瞥了一眼,便又低下头,从茶几上那垛齐整的银纸上,取了轻薄的一片,继续在膝间很快地折起来。

费老太太折得慢,却极有韵律。仿佛银纸自身会团转,才带动费老太太嶙峋的指节似的,从四方形缓缓自动变成了一个银元宝壳子,便又自动脱离手指,轻飘飘地翻着筋斗落下。费老太太脚边翻置着平日用来盖菜的绿尼龙纱罩,银纸锭在纱罩内已铺积了浅浅一层。

"明天上祭前的糖果点心还没买,你什么时候到顺记去一趟,买点山楂糕和甜饼,记得一定要枣泥馅的……"声音从低垂苍黄的头发下发出来,也是缓慢平板的,"我本想自己去买的,可是我这样子实在走不出西口街,我仔细想了想——"

　　费老太太说到这儿抬起头，像突然想起什么似的，干瘦多皱的脸上带着疑惑悠忽的笑容，继续说道："自从你爸爸的丧礼以后，我从来也没有走出过西口街，至多在巷口菜市买点菜，如果走出去怕什么都要不认得了。"

　　"今天我上菜市买明天上供的菜，顺便带了半只鸡煨在慢火上，等一会儿别忘了叫大志吃，他已几天没好好吃饭了……"正如同一种忧伤的表情那样，费老太太深深地又低下头。沙发边电风扇转动着，撩动她发上一朵已经有点脏了的线钩白花，像是刚穿过尘封的房间，轻轻沾上的一片薄灰。

　　"妈，您自己也吃些吧，大志他不想吃，您就别为他操心。"美惠坐直起身，端端正正向费老太太转过半点脂粉也没有、年轻匀整的脸庞，声音低低的，有一分强自压抑的倔强。

　　"怎么能不操心，本来盼着大志成家，总可以好好照顾自己了，哪知道……"费老太太似乎被自己突然拔高的语调惊吓住，她噤住口停下手中的工作，将视线转投向黑暗的玄关，闷热的夏天夜晚，那儿似乎仍蕴含着熟悉的胶鞋气味，然而鞋架上却是空荡荡的。

这幢日式公家房子，在光复初年还算是颇为幽雅的住宅，如今却像是破落得无可救药了。透过玄关上那扇再三修补过的木条磨砂玻璃拉门，可以看见墙外电线杆上的一盏路灯，照在院角的扶桑花上，红花半开半谢、吊吊垂垂，招来几只有气无力上下翻飞的蛾蝶和一群浮游的白蚁。

"我想想也心灰了，不如早些跟去……"费老太太背对着美惠，无声地抽咽起来，瘦削佝偻的双肩在宽大不称身的灰布旗袍下剧烈耸动着。

美惠很快地从后围抱住费老太太的肩背，抱得那么紧，指甲都掐入旗袍皱褶内。还没开口说话，她的脸色却刷地变了雪白，眉宇格外显得墨画一般浓重分明：

"妈，都是大志和我不好，惹您伤心。"

客厅左侧没亮灯的走廊旧地板上传来拖鞋走过的支略声。老太太停止抽泣，与美惠同时朝黝黯廊洞里望过去。一会儿听得"哗啷——"一声马桶抽水，脚步声又消失黑暗里了。

两人静息了一会。费老太太轻轻把一只压扁的银锭揣起来，重新拆成四方形的纸，摊在膝头遍遍摸平。美惠也温顺地弯下腰，将尼龙纱罩内零落四散、翻覆无定的纸锭拢集起来，一个个套合成长撂，再安置睡倒在纱罩内。

"刚才他大姊和杨伯母听说他身子不好,特地来探望。我特地到房里去叫他来,他就只穿了条短裤,愣坐在桌前,头发和胡子像刺猬一样,眼睛也抠下去了,直勾勾的,真是不懂他,你猜他答我什么:'教这些三姑六婆通通少管闲事。'这成了什么话,一个是他亲姊姊,一个是从小看他长大的长辈,怎么叫作'三姑六婆'呢?"费老太太的声音颤颤地压得很低,瞥见美惠脸上闪过的一丝笑意,不由得心里生气,加重语调问道,"大志平时并不是这样,究竟他怄的是什么气?"

"大志怄的是我,我肚里的孩子。"美惠冷然地说。

"难道说肚里的孩子还会有什么问题?"费老太太追问着。

"大志原本不要孩子。他要我采取避孕,我也答应了。这次怀孕全然是个意外。"美惠说得轻快,像是在谈别家不相干的事,费老太太却听得眉头深皱起来。

"真不知成了什么世界,我们过去盼不到……"

美惠轻笑两声,玩弄起桌上的一片银纸,略带鄙夷嘲弄的语气说:

"——大志看到医院的诊察报告书,便咬牙切齿地说:

'怎么可以让一个原本不要的孩子生活在这个世界里。'他说:'这种恶性循环要到什么时候才罢休。'他说:'人活着真是肮脏,怎么挣扎着想清洗自己,却只是继续把干净的东西弄脏了。'他说:'我不能负这腹中婴儿的责任。'他说……"美惠熟练而流利地重复大志的话,到后来却像一遍遍在心里录好的录音带,说着说着自己也禁不住猜疑起来,她突然停顿了,茫然地望着电视上正播放的每日连续剧,好一会儿,美惠的眼睛一眨也不眨,玻璃珠似的覆映着电视情节,静默许久,她又开口了:

"今天早上我们到医院,准备把孩子拿掉。"

费老太太掩住嘴,喉里发出奇异的呻吟:"怎么可以——"

"孩子不是我一个人的,既然他不要,就打掉也无所谓。至于去医院,妈,你不要怪大志,吵是他吵得凶,去动手术的主意倒是我出的。"美惠两手又闲闲地重新折叠起一只元宝,继续说:

"医生问:'你们经济上有困难吗?'大志在旁紧张得话也说不出口。我说:'没有。'医生又问:'你们身上可是有传染病。'我便答道:'干干净净。'那医生鼻子上有一颗桂圆大的肉瘤,一开口,那肉瘤就颤颤的,倒仿佛不是他，而是那肉瘤在说话，真好笑。他上上下下端详我们一遍，用很奇怪的语气说：'胎儿过了三个月，堕胎对母体是很危险的，为什么你们要把第一个孩子拿掉。'我想也不想就回答了：'这孩子妨碍了我们的自由，增加了我们的束缚，是一种恶性循环的结果……'没等我把话说完，大志恶狠狠地低吼了一声：'他妈的，我们走！'他跳起身来，把医院的椅子也蹦翻了——"

六月的天气，费老太太却似乎觉得冷，将原本就佝偻的身子缩得更小。听到这儿，才讷讷地问："究竟孩子……"

美惠望费老太太一眼，便又垂下视线，轻轻地说：

"妈，您放心，孩子还在，不是我不敢，是大志不敢拿掉他。"

"幸亏大志的爸爸看不到，你们尽管闹吧，我也管不了这许多了。"费老太太脸上仿佛刹那平添出无数纵横、刀刻似的深纹。

两人像方才一样坐在客厅漆皮沙发上，面向着电视。电视连续剧早完了，画面上尽是无味的广告。两人一动也不动，谁也没有起身去把电视关掉的意思。

不知过了多久，客厅左侧，那黢黑的廊洞里又传来模糊走动的声音，夹杂着窸窣骚动，仿佛是有人在不称适的空间里转侧、欠伸，时刻要走出来，却又犹疑不定……

两人悚然听着，美惠的眉梢神经质地跳颤了一下，像是受到极大的触动，不自觉站起来向大志房间走去。

"美惠——"费老太太叫道，却发现蓦然停步，转回身来的美惠脸颊上挂着两行明晃晃的泪水。

"妈，我累极了。我要回房去睡了。"美惠说。

费老太太的嘴半张着，望着美惠的背影消失在廊洞里。

好一会儿，独坐在客厅里的费老太太将身子前后轻摇着，像是在回味美惠刚才说的一切。

电视荧幕上唱歌的歌星画面，受到电流干扰，翻转成空白跳动连续格子。费老太太缓缓站起身，将电视关上、电风扇扭停，等扇叶全静息了，才将桌上一摞银纸收拾齐整，将绿纱罩里成串的银元宝端进房里去。

费老太太又从房里转出来，经过走廊、客厅，走出玄关，到花园里油漆斑驳的大门前，检查门闩好没有。院子几日没扫，洋灰地上，几朵掉落的红花被鞋踏得稀烂，费老太太在夜色里，扶桑花树下茫然停立片刻。

待她再度走回厨房门口，又退回十年前伴着大志通宵熬夜读书，准备考大学的情景。煤气炉上的炖鸡汤突突响着，费老太太在满室蒸气鸡香中熟练、轻快地将塞了湿毛巾的锅盖掀开，用高盅瓷碗盛上一碗鸡汤。

费老太太的颧骨发亮，鼻翼掀动着泛出油光。哈着热气撕下半只鸡腿，放进碗里，两手平端着，快步穿过走廊，来到大志房门口。门下还透着光哪：这孩子！

正要推门，门下的光却骤然熄灭了，剩下黑暗里，衰弱得连碗也端不住的费老太太。半扶着墙，在黑暗里喘息着摸回厨房。将汤倒回锅里时，她的手却不听指挥，半洒在桌面上，半洒在地上。

三

美惠，美惠……

在揉皱的床单和毛巾被之间，大志将汗水濡湿的枕头推开，向蜷缩睡着在他腋下的美惠轻轻唤了几声。

大志慢慢从床上坐起身来，牵动了搁在他肩上美惠的臂膊，美惠顺势翻转过身体，微微吁息了一声，又朝天睡熟了。那饱满而倔强的下颔仰着，她的颈部向后拉成了匀柔的弧线。

美惠……

大志轻悄地起身，抓住毛巾被的一角，将遮住美惠身躯的部分拉开。窗外夜色半明昧,照亮了美惠的韵律起伏的、赤裸的胸腹。

美惠,我对你的欲望是无时无刻,不可抗拒的。

美惠,我能走进你多深;如果有一种更大的爱欲可以引领走入你更深,我便要看一看被你温暖、潮湿和黑暗的身体所包围的婴儿。我要看一看他的身体是不是如同一枚初结在蔓藤上的葡萄,纤小、透明且有蛛丝一般的血脉,在针尖一样发亮、细微跳跃的心脏推动下,应和着你的、我的心跳,涌贯着家族祖先的血潮……

美惠,明天又是爸的周年忌日了,我想告诉你的,是关于另外一个熟睡黑暗里的灵魂。究竟有什么异同之处——将来的和已然逝去的?

你除了照片没有看过爸的模样。如果是像客厅里照片那样的爸爸,曾经是爱喝酒谈天说笑的人。那些少年苦读诗书以求上进的情况,那些事业高峰壮年时代的历史,那些初涉欢场宴游不伤大雅的笑话,还有对记忆中家乡美景、美食越渐夸张起来的描述。当然,常挂在嘴上的,是某次在麻将桌上罕有的辉煌胜利……这些故事笑话奠定了我对生活、对爸爸过去的一些概念,也成为我们家人共享天伦的一部分。

然而在我真实感触中的爸爸，尤其到了最后一年，却是肉体和精神都处在一种不可挽回衰败侵蚀中的老人。

爸爸沉默了，却狂热地爱上甜食。有一次妈从菜市回来，忘记带他再三叮嘱的山楂糕。爸爸大发脾气，将惯用的茶杯也摔碎了。从那时开始，他不断地提起：全家没有一个人真正关心他。

大概没有人体会到，习惯于生活在既成价值观念，随众处世的爸爸，是在只能独自面对的死亡面前，深深地恐惧了。

大概是嫌房里阴湿，爸在最后的日子里，白天常把客厅靠窗的长沙发当作床，毛毯直盖到胸前，半躺半坐在丝棉垫上，怔怔地，信手从茶几玻璃盒里，取那些准备好的甜酸零嘴吃。此外，他仿佛看不见走动的人，也不说话。

直到晚上电视时间来临，他才又高兴些。曾经在年轻时迷过京剧的他，老来却最爱电视的流行歌曲节目，几乎以当年戏台下捧角的情热，评价着各色歌星。往往要看到瞌睡打盹了，才由妈或我挽回房里。

有一天下午，天色晴朗澄澈。爸半躺在椅上，隔窗眺望荒芜多时的花园，特别是雨季过后的青草，茂密得几乎压过了几株半枯的杜鹃，绿得耀眼。

爸那天的气色比往常都好，突然转过头来，对我说道：

"大志啊！记得多少年前我们在客厅里骂过架吗？想想还是你对了。人活着的时间太短，什么事都应该自己做主选择，一点马虎不得，要不然后悔也迟了——"他说完沉吟良久，然后又轻悄悄地说起话来，仿佛是不容第二人听到的秘密：

"——大志啊，我一生也做了不少别人称赞的事，别人都说：'费老，真是要得。'可是我想，思前想后地想，好像这一切都没有意思，不知道究竟少了些什么，我突然觉得我这一生也没有意思……"

爸说话的语气有一种从没有过的天真，像是一个面临难题的孩子，渴切仰望着回答。

医生总说爸爸没有什么病，只是上了年纪需要多静养，劝爸爸停止已经减至一星期两次的牌局，这是爸爸绝不肯让步遵从的。

爸死的那一天正好是约好牌局的日子，大清早六点多他就起身了，穿着睡袍独个上厨房，检查冰箱里晚餐的菜肴材料准备得是否周全。

牌局由下午两点钟直到晚上十一点。由于爸爸目力的衰退，牌桌上总要用两百烛光的灯泡照明。几个牌桌上的老搭子都是爸多年的牌友，不但毫无怨言地忍受灯光的热烤，还都让着爸爸越来越大的脾气。我走过客厅几次，只看见苍苍白发的爸爸，在猛烈的罩灯和垫桌白布的反光下，眯细眼睛全神搜索着桌上方城。

晚上牌局散了，惯常是疲倦带来的暴躁。爸对收拾琐碎牌具的妈抱怨某人不该扣了牌，某人不该打牌时猛抽香烟。至于提到那位刘先生在晚饭桌上的吃相令人恶心，更是每回惯例要骂的。

当妈从厨房替爸爸重泡上热茶回来，才发觉爸爸没声音了，独自蹲在墙角，身子缩得极小，白发的头深埋在膝间。妈吓坏了。

我便是这样看着爸逐渐死去的。当我们将爸爸扶倒在长沙发上，他还有一线知觉，我看见他以一种极大的努力将头转向那还自空照着桌面的、正常人视力所不能逼视的两百烛光麻将灯，瞪视着断了气。

我不记得妈怎样爆发了哭嚎，怎样歪倒在地板上，将额头在地上碰得砰砰响。我能做的只是努力抱住妈，努力从死亡中抢夺下一个活人。几近空白的脑海里，我突然想到：即使我暂时抢回了活人的生命，这一切又有什么意思呢？

看见多少关于逝者的旧礼掌故被亲友热心地数点出来。多少无稽的、对幽冥的解释被当作俨然的仪节执行,最后爸爸的遗体被重重华贵的锦被包裹起来,放进棺木。端着爸齐并的双脚入棺的我,只怕众人的手脚粗重了,爸会突然睁开眼,像那天下午那样说话:

"……没有意思,这一切都没有意思。"

大殓出殡的日子,在扎满塑胶黄菊的灵车上,我披着麻,扶搭着棺柩一角,在缓慢拖长的哀乐声中,车子驶过大街闹市区。在车上,我以另一种姿态,另一种角度,我重新看到这城市和人群。不是任何人的,唯独只有亲人的死,能使你感觉到,是半凭依着死亡的黑渊,还竟自检查这白画下的生命。

浩漫的人群车辆啊,卷动着、延展着、推挨着,逐渐挤拢向一条大路,忽又偏散向另一条街道。仿佛是一股不可限制的力要扩张、占领这空间。我突然害怕起来,哭泣并抖索起来,我同时惊奇地发现我的哭声幼稚可笑。

然而,我是表现得多么成熟镇定啊!去指点这个、安排那个,直到棺木沉沉没入黄土中。我知道一个秘密将封入我和爸爸以及无数先人共同的缄默中了。别人或许会敬悼爸爸有如一个长者,而我却哀恸爸爸只是一个来不及长大的孩子，来不及辨明这个世界、辨明生命的目的，就被死亡攫走了。

而当我坐在扎满菊花的灵车上，一手扶持棺木，一面注视这个城市的风景时，确实的，我是感觉到爸爸在我的内里害怕、啼哭，我才害怕、啼哭起来的啊！

美惠……

美惠，我对你的欲望是无时无刻、不可抗拒的。

美惠，如果有一种更大的爱欲，可以让我再一次深深进入你，我将牵着那小小婴儿的手，带他走出那温暖、潮湿和黑暗。

我要牵着他的手，带着他发亮的、赤裸的身体，穿越这窗口，走进黑暗的花园里。我将指引他欣赏那枯干的小鱼池、蛀满了蚕蛹的扶桑花。

我要看着他纤小的身体，是如何孑孓走着，又轻轻跃过墙角半盛着纸灰的生锈铁锅。我可以向他描述：到了明天黄昏，那口不起眼的锅里，将会升起一蓬华丽、明亮的火焰，散落的纸钱在火中褪去表面的金饰、幻浮出蝴蝶似的灰烬，冉冉飘向生者，也飘向逝者。

当然，我也一定要引领他走向过去堆放煤球，藏宿着我童年的屋里窨洞去。在那儿蹲坐着，正好可以看见在盛开的扶桑花下,油漆剥落的大门,那暗夜里、冷冷的红。

我将如此郑重地和这纤小的孩子商量:

我们要走出去吗?

我们一定得走出去吗?

秋千架上的小露比

一

"搬了家以后,露比也变得乖多了。以前每回都让你操心,真是不好意思——"陈太太嫣然笑着,向我说话。涂了猩红蔻丹的手指围搭在她四岁女儿露比的肩上,"来,露比,表演唱个歌给叔叔听,站到墙边唱,来……"

小陈夫妇最近购下了一层公寓,并且大肆装修了一番,竣工后的第二个礼拜天,约我到他家晚餐。陈太太也真是能干,忙出一桌菜,头发也没乱了一根。看她料理家务和从前做职业妇女一样,仍保持着爽脆利落的帅劲儿。我不由得艳羡起小陈来,也只有这样的贤内助,小陈才发得起来吧。

酒足饭饱,围坐在灯光柔和的客厅里,我把身体深陷在乳白色摩洛哥皮的沙发里,舒服得快要打瞌睡了。我半眯着眼,看着陈太太一手撩起泰绸迷嬉长裙的下摆,一手捞着露比的纤弱手臂,转过茶几,走向贴了风景大壁纸的墙边。

那风景大壁纸据说是欧洲原装舶来品,足足有五公尺见方。圆中一片茂密的榉树森林,阳光从离离历历的叶梢透入,一处一处地照亮了地上茂生的野雏菊。露比此刻单独地站在大壁纸前,着一身鹅黄色瑞士纱的童装,若从这角度拍张照下来,倒真像安徒生童话里的小精灵哩。

"乖,唱歌,不许拉扣子。"陈太太坐回原位,瞥见露比正扯着胸前一粒草莓似的凸出饰物,赶紧叮嘱了一句,又转头向我低声解释,"有些坏毛病就是改不好,一转眼就把新衣服上的扣子给拉丢了。外国货的衣服,你知道,可不那么容易配到。"

露比沉默站立了片刻,小陈有些毛躁起来。他放下舒适高跷的右足,身体往前倾,咧开蓄着小八字胡的嘴唇,半命令式地说:"露比,来,让叔叔听你最拿手的歌——《只要我长大》。"

"哥哥——"小陈眉毛昂得高高的,捏着嗓子,卖力地帮露比起音。

听见歌声,露比显得有些惊慌。她张嘴向天开合,像要打喷嚏又打不出来似的，却一时发不出音来。

"哥哥，爸爸——"陈太太也伸长了她裸露的肩项，发出尖细的高音。

"哥哥，爸爸真伟大，名誉照我家——"像被踢震了一下有毛病的留声机，露比突然以和她纤小身躯全不配衬的大嗓门引吭高歌起来。大概是她的声音尚未发育匀称，给人一种干涩扎耳的感觉。

"笑，小露比，笑一点，嗳，对了。表演，你忘了怎么表演——"小陈和陈太太一道咧出牙齿，在一边替露比打气。

"为国去打仗，当兵，笑哈哈……"露比的面孔突然冒出汗来，时而绞扭、挥摆着双手。纱裙下两只麻杆似的赤脚也神经质地前后交互踏动。那动作不知怎的，完全不像上战场的兵士，而像是大难临头，无地可遁小动物的惶乱神情。

"走吧，走吧，哥哥，爸爸——家事不用你牵挂——只要我长大，只要我长大——"

露比手舞足蹈、把歌声竭力带到最高点，突然静止委顿地挂在大壁画前，像一只玩坏了、被扔弃的洋娃娃，全然失去了光彩。零乱的发梢汗湿了，撒黏在耳际。我这才留意到她额上有一块磕青的瘀伤,下颌有一条手爪痕。在安静中,我也听到她鼻子发出"嚇赤,嚇赤——"的怪声音,定是有一个鼻孔不通风,所以另一边的鼻翼掀张,发出奇异的哨声。

小陈和陈太太交换了一个敏捷的笑容,用手捏起茶几盒里的一块巧克力糖,向露比说:"好棒!来,给你一块糖作奖品。"

露比的纱裙发出窸窣的磨响,她潜移脚步走来,和驯地从爸爸手中接过糖,剥开糖纸,将褐色的大糖块整个放进口里,两颊顿时鼓得老高。

"快吃,吃完了就回房睡觉。"小陈说。

露比两眼低垂,望着黑玻璃的茶几,嘴巴开始用力咬嚼起来。糖在口腔内转动,使得她的面颊一时这边凸起,一时那边凹下,片子眉毛眼睛都皱成一堆。

"馋相,也没几颗好牙可以吃糖了。"待露比的面颊恢复原状后,陈太太扳着她的下巴说,"张开嘴,让叔叔看你把糖藏到哪里去了。"

露比张开嘴,果然一嘴烂苞谷似的坏牙,还黏糊着剩余的巧克力糖汁。

"好了,糖下肚了,自己去脱衣服睡觉,别忘了刷牙。"

陈太太拍了一下露比的屁股，使她站立的身体顿时歪扭了一下。

仍然没有抬起眼睛，露比的脚踮起细碎的脚步，没声没息地迅快走到地毯的那一端去。

看见她小小的背影消失在一扇绿色的门后，我忍不住吐了一口长气。转过头来，吓了我一跳，因为小陈夫妇都正襟危坐，像两尊泥像一样，同时直勾勾地用眼望着我，像是在测量我对露比的反应。我慌忙说："唉，真是，真是，露比真是比从前好多了。"

小陈夫妇同时严肃地向我点一点头。

二

记得四年前，我和小陈夫妇同在一条街上的两家贸易行上班。小陈新婚不久，太太便怀了孕，常可以见到他们两个从公共汽车上下来，亲亲热热地一路上班去，陈太太在大全公司做会计，拿的薪水比我们俩还丰厚些，也难怪她挺着个大肚子，仍风雨无阻地继续工作。

那时的小陈是穷的，连一套西装也做不起。然而在办公室里茶余饭后，总熠亮着眼睛，谈起未来的计划。他认为这样经济起飞的年代，犹自跟着别人做小伙计吃饭，简直是枉费了青春。他也谈起对自己家庭的期望：买一幢像样的房子，太太不必出去工作，下了班回家，与妻子儿女一道听音乐，看电视……我发觉自小家境坎坷的他，对建设一个美满家庭的意念有异常的执着。即使在那时候，他已经开始在打听名牌电冰箱、电唱机以及各种新奇式样壁灯的价钱。

陈太太一直到露比临盆的前三天，才停止上班，潦草地进了一间收费不高、助产士私营的小医院里。生产的那一天晚上，我循址前去，走过那间医院旁边的杂乱弄堂，刚巧遇见小陈正据着一个板车食摊吃面。才陪他坐一会，谈了没几句，突然医院二楼窗口探出一个穿花布衣裳的欧巴桑，用嘹亮的声音喊道："陈先生，快了，快了。"

我看小陈手里的一叉面悬在半空中，脸色顿时变成苍白。我打趣道："我们快去看看，恐怕你已经做爸爸了。"

那一定是某种神秘的、辽远的、不可解的召唤，使得小陈的面容凛然震动，产生了与其说是狂喜，不若说是痛苦的神情。他放下筷子，连面钱也忘了付，像醉汉一般踉跄着步履，奔进了医院。

陈太太没坐完月子就又上班了。初生的露比交给助产士托管，上下班接送。不久，小陈离开旧公司，试行与朋友合伙做生意，由于日夜操心的事务繁多，他有点受不住家中夜啼小儿。便干脆把露比暂时交给一位远房的寡妇抚育，每星期去探望一次。

那时小陈和我的接触还算频繁，见了面不是谈贸易行情的起落，便是小露比会爬、会走、牙牙学语的情状。仿佛全天下再也没有哪一个婴儿比他的露比更聪明、更可爱的了。

在商场闯一年多，小陈渐渐脱离了过去优柔的性格。只要有获得厚利的机会，他可以不顾一切地冲锋陷阵。借着营业，他接触到一位外籍厂商，怂恿他独立出来搞一个分销代理站。那阵子，他为了考虑脱离友人合股的旧关系，人憔悴得很厉害。有一次他邀我上日本料理店喝酒，半瓶月桂冠下肚后，小陈的颧骨烧得通红。他呢喃道："他们都说我不够朋友，见利忘义，你说呢？"

他一面频频逼问我的意见，一面用逐渐高亢起来的音调说："我这个礼拜天又看到露比了，她长得那么漂亮，我一定得把她接回来。我每一回吻着她喷香的小脸，心里便发誓，我要让她将来可以过随心所欲、像公主一样的生活。"然后他以专注的眼睛直望着我，一字一顿地说："我做这一切都是为了小露比。"

在他任职外商分销店经理之后不久,陈太太果然辞去工作,并且把小露比接回来。回家时露比已经三岁了,却显露出过夫小陈夫妇所不能想象的怪诞行径,使他们的家庭顿时笼上了暗影。

由于长时间寄养在外,露比一时不能适应父母的生活环境是极可能的。然而她除了经常不肯对小陈夫妇说话,不肯吃食之外,稍不留意,她就会做出类似把棉被里的棉花拉扯出来,把洗脸毛巾丢在抽水马桶里,或是爬到床上把枕头逐个尿湿的事来。几番责骂后,小露比开始了令人惊异的自残行为。她在夜里不睡觉,也不哭,仅坐在黑暗里静静地抓破自己的脸,把鼻孔挖出血来。怎么看医生、吃药、擦药都没有用。那些伤口由于她执拗地破坏,永没有结痂痊愈的机会,倒更像是先天性皮肤或血液内里的暗疾了。

有一天晚上,小陈开了他的自用车,抱着只穿小背心的露比,气急败坏地闯进我家。见到我,话尚未出口,便像个球场暴躁的选手一般,两手把小露比高举过头,用力朝沙发上掼去。露比在空中至少飞越了五公尺的距离,才"砰"地倒落在弹簧垫上。这可把我看呆了,"怎么了!"

我讷讷地问。

"怎么啦！"小陈头发倒立，两手筋脉贲张地握拳向露比挥摇，大声嚷道，"我把这小畜生杀了，剐了，再去派出所投案，把一切都毁掉算了。"

事情的原委这样的：露比一个坏习惯，常常独自孑孓走到公寓的左邻右舍门口张望，若是有太太过来招呼她，她便一一指示自己的伤口，甚至撩起衣服，展览身上的溃烂部位给人看。这可怜无告的模样引起左邻右舍闲暇无事妇人的大大不平。那一天，太太们商量好一同登门向陈太太兴师问罪。她们认为露比一定是养女，而虐待养女是可以召警究办的，这下可把陈太太气得发昏。

小陈下班回家后，陈太太已经在打点行李，说是这个家再也待不下去了。除非把露比送到看不见的地方，不然，她立刻要回南部老家去。

"这简直不是小孩，这是扫帚星，是魔鬼派来破坏我的家庭和我一切努力的——"小陈声嘶泪下地说，"——我是她爸爸，我要给她一切，给她世界上最好的一个家，为什么她会变成这样呢？"

比小陈这样一个大男人掉眼泪更使我毛骨悚然的是：方才被抛掷在沙发上的小露比自始至终不哭也不闹，仅舒张着青蛙一般的手足，像电影里的慢镜头一般，在沙发上缓缓爬行着。不一会，她开始专心而反复地用小手指抠挖沙发靠背的缝隙，像要从黑暗里掏出什么珍宝似的。

三

露比表演完《只要我长大》的歌曲并且回房之后，小陈夫妇殷勤地招呼我参观他新屋的摆设——这是他们花了一个整月装修的结果。

"他呀，最神经病了，什么都不放心。打房子开始隔间他就每天开车往工地跑，一根钉子都要盯着工人钉——"陈太太的言语中流露出十分的爱娇和满足，亲热地挽着小陈的臂膀，"——就为了这地上的罗马瓷砖没铺平，他几乎卷起袖子和工人大打出手。后来敲碎重铺，多花了我们三万多块。"

小陈"嘿嘿"傻笑着，脸红红地带我看他亲手设计，由客厅到卧房的全套木制家具。"纯欧洲风味，"曾因公赴欧洲考察半个月的他很自得地说，"就连吊灯也是意大利式的。"

然而四壁各式的暗框抽屉似乎多了些，而阳台、窗户上密密的铁栅都使得这三十来坪的公寓略显得狭窄、沉闷，是美中不足的地方。

趁着陈太太去倒饮料，我好奇地问小陈："看这些摆设，花了不少钱吧？"

"总共三十多万。"小陈微眯起眼，朝天喷了一口烟，淡淡地说，"其实啊，这房子和买汽车的分期付款都还没付清呢。我早看穿了，能捞上一票就赶紧买置产业，公司是保不定的，那些洋人，谁知道他们会不会拔脚就走呢。这年头，自己做生意要担风险，能挖别人的最好。我一做经理，就先借了一大笔钱，到时候他们走他们的，房子汽车我可不会吐出来！"

"你们谈什么钱啊钱的，又做发财梦了啊——"陈太太端着一个精致的银盘走来，上面置了三只水晶高脚杯，琥珀色的饮料中浸着方形冰块，一路散落出清脆冰块摇晃敲击的叮叮声响。

欣赏着房内温暖与富足的装饰，使我们都有点陶然了。端着酒杯，我们来到绿色的房门口。小陈用手指触压一下嘴唇，向我神秘地挤了一下眼睛，轻轻扭开房门。他执意要让我参观一下他设计的小孩房间。

透着一股未干透油漆和牛奶混合的异味，跳进我眼帘的，不可思议的是小露比竟悬在暗沉沉的半空中。正确一点说来，她是悬在一个小秋千架上，像在笼中乘着小竹竿儿的金丝雀儿般微微晃动着。

"哎呀，秋千，这秋千也是你设计的？"我惊讶得叫起来。

"当然！"小陈用手比画着回答，"贴墙双层有栏杆的小床，利用上层伸出来的木板，打两个洞，悬下绳子，就做成了一个小秋千，你看妙不妙？"

小陈说着，仿佛要实验他巧妙的设计给我看似的，顺手把小露比推了推，秋千便大大地摆动起来。小露比咯咯地笑了，这是我初次听到露比的笑声。

"小露丝喜欢秋千是不是？小露比再也不出去野了是不是？小露比要做秋千架上的小公主是不是？嗯？"小陈俯身向摆荡中的露比说话。

我被这怪诞的景象一时勾引得说不出话来，半晌才问道："——怎么要做一个双架床呢？"

小陈大笑起来，搂住陈太太倚门的肩膊说："怎么，你不知道啊，她又有四个月了——"说着他沉默了一下："——这回，我们可要好好地从小自己教育。"

秋千的摆荡渐渐静息下来，露比眼里显出云母片一般滞钝的光，她正试图把一个手指伸进鼻孔，却被眼快的陈太太啪的一声打开了她的手："不许挖鼻孔。叔叔快回家了，吻叔叔一下，向叔叔说晚安。"

我于是走近秋千架上的小露比，把脸凑向乖驯噘起的小嘴，任那带着湿润口水的小嘴给我冰凉的一个剥啄，并且听她以与刚才唱歌完全不同的蝇细音调说了声："晚安。"

吴李锦凤的礼拜天

一

仿佛才上床瞌睡了一会儿工夫，吴李锦凤就醒了。睁开眼，只见大片阳光从钩环脱落的窗帘缝隙直扑下来——不论季候变迁，她有拥着棉被睡觉的习惯。吴李锦凤在棉被里转侧了身子，将身体调整成蛹蚕的姿态。（妈妈，再睡一会儿吧。）

在棉被围成的、厚实的黑暗里，锦凤装扮出她小女儿一般稚弱的声音悄悄地安抚自己。（今天是礼拜天，妈妈可以睡到十一点钟，再烧饭给大家吃。）

锦凤闭上眼，感觉到体内血脉尚混合了未完全消退镇静剂的药分，像铅液一样缓缓地、沉重地在她皮下流动，要把她推荡向深邃的睡眠。那是在生下幺凤的那一年，吴力行倾全力投资的小型塑胶袋工厂垮了，躺在床上坐月子的锦凤开始吃镇静剂，起初是一粒一粒地吃，到后来成了习惯，每晚不吃两三粒简直没法阖眼。也从那时候起，她有了偏头痛、肾炎的毛病。

由于镇静剂吃得太多，锦凤精神恍惚所造成的误失和经常"交通失事"的消息，早已成了她所服务的办公室里的笑谈了。每当她膝上贴了一方白色撒隆巴斯胶布时，绣彩总会耸动她细净的眉毛，弯成惊叹的模样，然后笑吟吟地迎过来问她："喂，这回又溜滑梯啦？不然就是跟摩托骑士接吻了。"锦凤也不以为忤，生活是这样平淡无趣，即使是自己偶尔不免从二楼楼梯口摔到一楼，或是大意间被摩托车撞青了腿，锦凤每次也都照例绘声绘色地将她"死里逃生"的经历描述给同事听。她最津津乐道的是一次扑进警察怀里的故事：

"那天，一起床看表，乖乖，已经八点四十五分了。忙拨个电话给绣彩，想叫她帮忙替我签个到，那个死绣彩偏也还没到，我只得冲出门去拦计程车。哪知道我镇静剂还没醒透。站在十字街口上，突然间一恍惚，眼前的事物都走了样。满街来往红的、黄的车辆忽然都腾空飞起，人群也像花花绿绿的热带鱼，脚不点地，忽长忽短地在空中游起泳来了。我自己也不是在走路，而是跟着他们在游泳啦……我正觉得滑稽,看见人行道上游过来三个面貌一般、动作一致的警察,我心里想:天底下绝不可能有相貌如此相像的人,其中一定有两个是我的眼花了造成的幻觉,于是我勉力转了个小弯,向左边那个面容比较模糊的警察身边穿过。……你猜怎么着,我竟面对面撞上了一个真警察。一刹那可把我吓得清醒过来,哪有什么三个警察,那个警察也被我吓了个一大跳……"

锦凤在棉被里捂着头想到那警察的模样,不由得"嗤——"地笑了起来,笑完以后突然觉得心中怅然。那警察很年轻,大概是刚从警官学校毕业的,昂首阔步,一身挺括的制服。她连带地记起当她撞到警察怀里的刹那,年轻警察本能反应地搀扶了她一把,又忙不迭地松开手,脸涨得通红,锦凤从他转瞬着惊讶和戒备的眼神里,读到了自己狼狈不堪的模样……

(妈妈,不要想了,再睡一睡吧。)

(睡一大觉醒过来,伸个长长的懒腰,原来你还是一个可爱可爱的小不点儿,背着手工缝成的小书包,在大好的晴天里,蹦跳着走过竹篱芭蕉上学去……)

(妈妈,再睡一睡。)

但是,无论如何,不能让老邱平白地就把四万块钱的会这样地倒了！一个大的呐喊将吴李锦凤彻底唤醒。她很快地推开棉被，瞪大布满红丝的眼睛，压扁的头发危危耸立着，她从床上坐了起来。

吴李锦凤从床上坐起身来。昨夜她回家是和衣睡的，此刻一身洋装都皱在身上，完全不成样子了。伸脚找拖鞋，地上反复散落着七八只旧拖鞋，一时却分辨不出自己的两只在哪里。随便趿上两只花色不一的，她站起身来，走向盥洗室：

"——昨晚在李科长家的客厅里，挤了十多个人，吵到半夜三点钟，也吵不出一个结果来……"

床前一张半浸浴在阳光中、堆了换洗衣物的老旧藤编安乐椅上，坐着一个穿着松塌汗背心裤的瘦削男子，那是吴李锦凤结婚十七年的丈夫，正面无表情地听吴李锦凤唠叨地说话。

背上两片肩胛骨高耸着，吴力行低着头、噘着嘴，只凝视观察自己弓踏在藤椅边缘的右脚，两手轮次搬弄那仿佛羞怯又畏光的五个洁白脚趾；那样轻柔地、无限怜惜地一一摩挲着。他并没有任何和吴李锦凤搭腔的意思，在这个闲暇的礼拜天早晨，吴力行在藤椅上维持这个姿态想必已有好几个小时了。

"——平常绣彩吱吱喳喳的，会说话的紧，昨天也气昏了头，她一把抓住老邱的衬衫，嚷着说：若是不把会钱吐出来，就要扭他上警察局。旁边有些人我不认识的，也跟着起哄。原来老邱这个会头，仗着大家信任他，竟偷偷做了手脚，借名连标下了六次会，大家都被他蒙在鼓里，你说可恶不可恶……后来李科长说好说歹，要老邱当众向大家谢罪，老邱跪下来，磕了十来个响头，但是谁肯饶他？"锦凤在盥洗室里描述昨天晚上的事件。

"老邱做一个工友维持一家子也够苦的了，谁叫你们玩会玩到他头上，何况又是多少年的老朋友了，犯得上为这么一点钱……"吴力行的言语像蚊蚋一样，幽幽地从他细瘦低俯的脖项里传出来。

锦凤立在洗脸台前，将口里含着的漱口水"呸"地吐进脸盆里，狠狠地说：

"你说得倒轻松，什么'这一点钱'，我在外头背了大会小会一大堆，每个月东奔西走地补漏洞，老邱的会这一倒，你也替我想想要怎么过……对了，昨天上午大凤要电话到公司来，说是暑假里班上组织了一个野营会，要五百块钱会费，我叫她向你要，你给了没有？"

"我哪里有钱？"吴力行无可奈何地说。

"对啊,谁来付钱?小鼎说今年若是考取建中,要一架电唱机,不是你一口答应的吗?二凤满嘴牙齿都是病,早该去修整了,不然将来嫁不出去,我带她到牙科医生那儿去看一看,你猜多少——五千块!就只有让她拖着吧。还有'美满新村'的房子,头款马上就要付了,你说,谁来付钱?"

吴力行见气氛不对,仍挣扎出了一句话:"我不早告诉你,房子不必急着买,等退休了,领到退休金再打算。"

锦凤将身体转向洞开浴室的门,声音越发尖厉了:

"退休金,退休金,我已熬得头上冒烟了哩。吴力行,你若是有一点办法,你哪里犯得上为了'一点钱'去和人家拼死拼活。你倒反以为老邱可怜,这年头,若是他磕几个头就能了事,那么我也同他磕,只要谁肯给我钱去付房子定金,我可以把头磕烂给他——"锦凤眼眶红了,她说话时,尚残留着牙膏沫子的齿缝发出嘶嘶吸气的声音;拿着一柄湿淋淋的牙刷,她向吴力行频频指点,"——今天谁家没有一幢气气派派的房子。就拿李科长家来说,又重新装修了地毯、壁纸,新的意大利式玻璃吊灯。其实,这对他来说不过是随便弄弄,你想,人家两个儿子都送去了美国,随时这儿一丢,还不是一家子到美国享福去了。只有你，混了多少年，连一间屁的房子都没弄着。到今天拖着赖着，住在人家家里，过两天叔公若是心血来潮，绷着他那张晦气脸来讨房子，倒叫我们一家六口街上睡去，这你才有脸了不是？"

见吴力行被轰炸得不吭气了，吴李锦凤才又转回洗脸台，捡起脱齿的发刷，用力梳通缠结的头发。刹那间，干凝隔日的发胶飞散，头发也一绺绺耸立起来，显露出两鬓干枯斑白的发脚。

对着脱银锈烂的半截镜片，吴李锦凤将自己端详了片刻，不想自己才四十一岁就老成这样子。隐隐约约，她又听见心中娇弱又忧悒的声音：

（妈妈，以前爸爸说你长得像葛兰一样美丽哩。）

吴李锦凤望着镜中的自己，突然觉得心中充塞满了恨意，她使力将飞蓬的头发一把把梳压下来，将一腔怒火归罪到老邱倒会的事上：

"——天下没有这么便宜简单的事，我早已打听到老邱他老婆在板桥浮洲还开着一间冰果店，我手头上已经有了地址。他能有本事倒会，难道不怕我坐到他老婆店门口，闹到她一毛钱的生意都做不成。"

二

二凤在卧房门口，一手背在背后，一手支着腰杆，一扭一扭地来回踱步。刚洗过的，她的齐耳初中短发，半湿半干斜斜披搭在额前，并且用十来根发夹固定成半圆形的薄片——这是她一贯做头发的方式。

她最近为牙齿，不肯笑也不肯讲话，紧抿着嘴，眼神阴凄凄的，就格外像个小老太婆了。

"幺凤呢？"走出房门的锦凤问。

二凤一跺脚，用眼角斜白了锦凤一眼，扭头就走。锦凤最近对她表达深刻恨意的这种姿态，已经很习惯了，望着二凤的背影说：

"等妈下次领了薪水，就带你去修牙齿啊——"

二凤一阵风般奔进房里，将门"砰"地一声关起来。

"作孽相！"锦凤咒了一句，便从窄窄的通道走向客厅。这是一幢不到三十坪的老式长筒条公寓，除了一间卧房临街，接受嘈吵和阳光之外，后面木板隔间卧房和客厅都没有窗户，即使大白天也得点亮日光灯。

幺凤果然睡倒在客厅沙发上。七岁的幺凤是真正电视时代的儿童，从电视节目预报到电视广告，无一不看得津津有味，每天非得到十一点钟电视结束，才困极睡死在看电视的沙发上。

锦凤踩过一地散乱的糖纸、花生壳和养乐多的空瓶，凑坐上沙发的边缘。这张沙发还是锦凤新婚时买的，现在已稍微倾斜了，皮面上曾经浸过四个婴儿的尿水，斑斑圈圈写画着家庭的历史。锦凤俯下身子，吻了幺凤酣睡的面颊，一股浓重的酸酪气味，锦凤看见她肥胖的脖项下一圈铅丝似的汗污，随着她的呼吸时隐时现：

"还打鼻鼾哪，这小鬼！"

幺凤的小鼻小嘴在锦凤的轻触下，胡乱地动了动。眼睛似睁非睁，从排列得十分纯整的、箭也似短直的睫毛下，往锦凤的脸迷茫的凝望了一会儿：

"妈妈，我要吃奇异可口果，越吃越想吃、越吃越爱吃……"梦呓似的，幺凤喃喃念着。这是电视广告词，推介一种新上市的夹心饼干。

"妈妈一会儿给你煎鸡蛋饼做早点，好不好？"锦凤半搂着幺凤说。

"讨厌，讨厌啦，我不要鸡蛋饼，要奇异可口果。"幺凤的脸皱起来，两只滚圆的小腿向锦凤的怀里乱蹭，梦魇似的哎哼，将食指和中指塞进嘴里，咬嚼着、吸吮着，翻转一个身，又睡着了。

"好，讨厌，讨厌，不要鸡蛋饼，要奇异可口……"锦凤笑着模仿幺凤的声调，捉住了幺凤一对脚胫，轻轻捏弄她的脚踵，感觉到了强烈的亲爱。今天在家里，幺凤是唯一还可以抚抱的孩子，"……妈一定替你买奇异可口果，等妈有了钱，还替你买一架钢琴……"

（妈妈，你看见那座又黑又亮的大钢琴吗？在美满新村的欧洲式套房里，它放在落地玻璃窗前看起来多漂亮……妈妈，你闭上眼睛，我要为你弹一首好好听的歌。）

踢踢踏踏一阵拖鞋声，吴力行端着盛满待洗衫裤的脸盆，像梦游人一样直穿过客厅，向厨房后面的晒衣台走过去。望着他瘦削、寂寞的背影，锦凤心中一动；也该给他补一补了。

同时，锦凤也听见小鼎在后房以平板的声音背诵英文单词的声音。

从菜市场买完菜，提进厨房，锦凤仍听见小鼎继续以同样的声调背诵英文单词。历年来，小鼎在学校的成绩总维持在前三名之内。最近小鼎就要考高中了，几乎每晚都要温习功课到两三点，早晨也是微明即起。自从他升上初中三年级，他就郑重向全家声明："若考不取建中，其他的学校是绝对不读的。"也从那时起,他不再和家人共桌吃饭,为了怕耽误读书时间,每顿饭都端到书房去吃。

比起几个迷迷糊糊的姊妹,锦凤对小鼎自动自发的用功态度,一向存着某种神秘不可侵犯的敬畏感。在办公室里,锦凤自然也经常对同事以忧愁又骄傲的语调,将自己儿子的凌云壮志和特立独行的姿态复述了又复述,最后的结论免不了要说:"——唉?我们做父母的在这个情形下,总也不能委屈了孩子,再怎么苦,将来好歹要把他送出台湾去。"话头这么说,锦凤总觉得捉摸不清,做梦也想不到自己竟会生出这么一个出类拔萃的儿子。

在厨房把蔬菜一件件解开后,才发觉洗涤池里浸着油汪汪一大堆肮脏碗碟。

"昨天的碗筷,大凤一双也没洗,在这家里,到底要谁侍候谁啊!"锦凤嚷了起来。在家庭分工中,洗碗一向是大凤分内的事。

锦凤看见小鼎从书房窗口抬起头来,深度近视眼镜片上的圈圈里仿佛酝酿着笑意,他说:

"姊姊叫我告诉你,她搭早晨七点半火车,和同学一道去溪头啦。"

"力行,你不是说没给大凤钱吗?"锦凤对厨房后晒衣台上洗衣服的吴力行责问。吴力行停下了在盆里搅肥皂的工作,张皇疑惑地抬头向厨房内窥望一下,脸上兀自沾着一片雪花似的皂沫。

"是我借钱给姊姊的——"小鼎说,"我从邮局折子里提了五百块钱。"

小鼎是家中唯一有私房储蓄的人。无论是年节压岁、学校的奖学金、爸妈给的零用,甚至上学日每天二十台币的饭钱,他也能省下一半储进邮局里。锦凤于是拽起一块浸在水里的、丝丝缕缕的油烂抹布,清洗起碗盘来了。向着儿子和老子,锦凤转怒为笑,有点巴结意味地说起话来:

"我差点忘了小鼎才是我们家的富翁啦,你现在有多少啦,什么时候借给妈花用——"

"姊姊可是答应出五分利的。"小鼎大模大样地回答。

"小鬼!"锦凤笑骂着回过头,拎起手中湿淋淋的抹布,作势要掼到小鼎头上,"妈妈要用你的钱,你还敢心痛啊。"小鼎放下英语单词本,将眼镜沿鼻梁向上一推,倒反站起身,摇摇晃晃地向厨房走来:

"——听说妈被人倒了会不是?"

整日耽在书房的小鼎,就像是家里供奉在阴暗角落的神明,凡是家中发生的一切事务,无论巨细,总没有不知道的。每当小鼎用这样淡然的语气一发问，锦凤总是心中一颤，不知儿子又有什么主意。

"去到人家店里吵闹出洋相是没有用的——"小鼎来到锦凤面前，慢条斯理地说话。锦凤半眯起眼，望着这个最近飞快拔高的儿子，那戴着深度近视眼镜的背后，有一些她完全不了解的奇异变迁。小鼎继续说，"我认为妈倒是该早些去打听一下，看他的店面值多少钱。电冰箱也好，电视机也好，能搬的就搬，就算搬些西瓜汽水回来，也总比什么都没有开心啊。要搬就要趁早，晚了说不定早被人搬得一空，就什么也捞不着了。这就叫作啊——'先下手为强，后下手遭殃''人不为财，天诛地灭'。"

小鼎以他未成熟的男性嗓音，说了这么一大段有教训意味的话，有说不出的滑稽和不协调，锦凤有点手足无措地笑了，向厨房窗外的吴力行半开玩笑地说：

"力行，听见了没有，亏你还是个老子，自己家里吃了亏连个主意也拿不出，比小鼎还不如。"

锦凤看见力行坐在灰泥剥落阳台角落，一张竹头小板凳上，两手插在洗衣盆的污水里。听见锦凤的话，尴尬地轻笑了一声，便又倒竖着未梳齐的薄薄头发，埋首翻弄起盆里的污衣来了。

衬叠在都市灰蓝的天空下，无数零乱绵延的住屋风景前，吴力行洗衣的姿态，电光石火般，刹那触印上锦凤的心里。锦凤一怔忡，想要寻出话来岔开这不明所以袭来的滞闷，却发现小鼎早已回到房中，继续朗朗诵念他的英语单词了。

锦凤一人在厨房里，洗完了昨日的碗盘，顺手抓开洗涤池边的砧板，几只肥大的蟑螂窸窣窜爬着，像是要逃走却又反复颠倒上下舞弄着须足。（妈妈，他们究竟明不明白你是多么爱他们，要把他们一个个拥在怀里……）锦凤捞起了一只饭勺，朝砧板上一只蟑螂用力敲下去。蟑螂的肚腹爆裂开，迸出灰白的油浆。已扁成梅干那样的身体，仍拖着黏汁向前挣命……一定得去把四万块会钱从老邱那儿挤出来，无论如何，小鼎的电唱机，二凤的牙齿，美满新村房屋的定金……锦凤又狠狠在蟑螂头上敲了一记，蟑螂死在砧板上。

三

吴李锦凤上了往浮洲的公车，在熙攘的乘客中挤到了靠窗口的一席座位。在出门前，她是经过仔细化妆的，头发刮松，两片大波浪遮住了斑白的鬓角，艳红的蜜丝佛陀嘴唇在敷了粉的团团脸上，显得很突出。短袖两截式的府绸洋装，也精精神神的。吴李锦凤齐并了膝盖，将她的小腿很努力地向座位下缩起，这样就没有人会看到她腿肚上的静脉瘤了。外出的锦凤，对自己的相貌永远有兵士一般严格的自我要求，以此刻锦凤的外貌，谁敢说她不是一个干练的职业妇女呢？

然而这也是情势所迫。近些年来，她总习惯了浓妆上班，因为公司里新招的女职员，个个学历高，办事能力强，年纪又轻。在这动辄有裁员危机的年代，她不得不全力以赴，绝不容许自己显老。

记得十九岁初进公司时，谁不赞锦凤相貌好，手脚敏捷，经理也说将来必要重用她。日子久了，坐在靠资料柜的背光角落，一晃二十年，做梦一样重复着打字结账的工作，打字机都磨坏了三四架，人还能不磨出毛病来吗？她越来越常在结账时错误百出了。亏得她经验老到，闭上眼也摸得透那套简单公式，几次都在上面来查账前预先发现了账上的漏洞。饶是这样，也三番五次在同事下了班以后，向老邱借了办公室钥匙，偷偷地翻账簿，直到半夜。说实在的，老邱还真帮了不少忙。

还记得有一次,为了翌日的查账,她独自坐在空荡荡的、千疮百孔的办公室里,一盏案灯下,她心慌意乱地猛翻账簿,只觉得无边无涯的阿拉伯数字排山倒海而来。每到这个时刻,锦凤只想泼辣地放声大哭一场。那一天,老邱不知怎的还没回家,从黑暗的角落端出一杯茶来,对锦凤说:"——慢慢地查,别急,喝杯茶定定神,没什么大不了的。"

谁想到他竟会在离职前向大家耍上"倒会"这一招呢?

刚进公司时,就认识工友老邱了。不满三十,没有结婚,一张国字脸忠忠厚厚的;那时他的职责是坐在走廊上看脚踏车。老邱平常不太多话,手里总拿着一本什么《罗通扫北》《七侠五义》之类的廉价小说,见到同事出入便憨憨地点头微笑。后来有一次竟发现他椅子上覆着一本《情书大全》,大家就轰谈起老邱在恋爱的传闻了。果然,不出一个月,办公室就接到了老邱的红帖子。

那时候,锦凤和力行也还没结婚,但情感已到紧锣密鼓的阶段了。他们一同参加老邱"满福楼"的婚礼,在粗陋但丰足的几桌酒席上,同事的笑闹声十足压倒了女方的亲朋。堂上燃点着明晃晃的双喜霓虹灯,老邱仍是那样笑着向大家一一点头,牵出了头戴粉红色缎带花的新娘。只记得老邱那娇小的新娘额上画了两道当时最流行的关刀眉,低着头，嘴一噘一噘的，不知是想哭还是想笑。吴力行和锦凤当时并排坐在酒席桌边，吴力行伸手在大红桌巾脚下偷偷地捏住了她的手心，乘着热腾腾的菜香酒意，在众语喧哗中悄悄地咬住锦凤耳朵说了几句话，羞得锦凤想骂他也不是，想打他也不是。

（妈妈，你才是最美、最美的新娘……）

（妈妈，我们会有幸福美满的生活……）

行驶了十几分钟后，车内蒸发着燠热的乘客的气息，这使得锦凤出门时严整的化妆松懈了。她约略感觉到不断渗出的油汗有点弄糊了她脸上的粉底。口红似乎也该补一补了。然而腰胁随着车子的震动，开始隐隐作痛，使她无心调整面容。（妈妈，你的肾又要翻了吗？）锦凤半张着嘴、喘息着，甚至瞌睡起来了。（妈妈，再睡一会儿吧。）

二十年生活在那样一间挤拥不堪的办公室里，四十多张桌子排成六个长筒条，椅子稍往后一靠，就和后面的同事贴了背。特别是到了下午时分，不太通风的办公室屋顶便氤氲凝结了一重香烟升腾造成的云气，重浊得令人昏睡。每当锦凤瞌睡得受不住时，只有往厕所里溜，能够掩了门，坐在马桶盖上打个盹，也是好的。偏就有那绣彩最是口头刻薄，锦凤一离座位，绣彩就歪吊着削薄的嘴唇说："嗳嗳，别一蹲又是老半天。"锦凤一次恨得牙痒痒地回了她一句："你娘月经来了也要你管。"后来锦凤再上厕所时，绣彩就改口了，说："啧，啧，那个又来了。"引得那班新来的小姐嘻嘻笑。人，就在这办公室里熬得坏烂下去，无非是想熬出那笔说多不多，说少不少的退休金。

"其实，那点退休金在有钱人眼里看来算得什么呢？"绣彩经常坐在办公桌前，面对着桌上衬蓝布的玻璃板，用小眉毛钳一根一根地拔她几乎已经没有了的眉毛，并且大发高论，"——做牛做马半辈子，还抵不上白嘉莉随便唱上几首歌的价钱哪。要是当初肯狠一狠心，辞掉这份差事……"绣彩白惨惨的脸上，眼波一转，和大家一起笑了起来："……说不定我早已洋房汽车都有了哩。"

在办公室里，闲来无事的时分，同事们三五私语，就像牢狱里的犯人计划越狱似的，总不外在谈论某人如何有钱，如何如何又是发财的捷径等等。早些年，锦凤不但热烈地参加讨论，并且也像雷达网一样切切地收集着这个社会的传奇资料，随时准备投身加入。

八年前，锦凤曾经买回家四五十个铁丝笼子，在一股养鸟热潮中，很卖力地养起十姊妹来。那是一次可怕的失败经验，使得锦凤以后上街时，每经过鸟店都犯恶心——

那上千只吱喳跳跃的小东西是那样地在公寓房中、阳台嘈闹着、吃着、拉着，然后呆呆地发黄、掉落、死去。

然而这样的经验并没有使锦凤的发财梦想破灭，她仍时刻试图在生活周遭发现任何可能的转机。最后的一次失败，便是她鼓励吴力行全力投资的塑胶袋事业。当小工厂的机器才开始转动未久，就遇上了世界性的能源危机，在各行各业摧枯拉朽般的倒闭风潮里，那小型的塑胶袋厂几乎是无疾而终。

"空通"一声，车子刚走上了华江大桥时，车里所有的乘客都震动了一下，纷纷重新调整姿态。锦凤也从半睡半醒的情况下，骤然坐直起身来。

带着些微烂泥腥味的风吹蓬了锦凤的头发。她向窗外望，只见断断连连的河滩浅渚，零星散落在大片流动的风景中，像一群蟑螂般，要窜爬向灰苍苍的天边。

一定得把四万块会钱要回来。锦凤收回视线，打起精神，这么想着，同时从袋里掏出粉盒来，往脸上补粉。

车后几个要下车的乘客从过道上挣扎向前挤，引得许多原本站立着的乘客也往车前挪动了身体。锦凤合起粉镜，骤然在众多乘客的缝隙中，瞥见一张熟悉的白脸，锦凤再探望一下，不由得惊讶地叫了一声：

"绣彩……"

绣彩坐在车厢对面,闻声即刻回过头来,两眼张皇地逡巡。因为车上人多,一时并没有看到锦凤。锦凤顿时心中红灯一闪,很惊觉地噤住了口。

车辆驶过华江大桥,在桥头车站停住,在五六乘客下车的空当中,两人清清楚楚打了照面。趁着绣彩才惊奇地张开口,锦凤已笑吟吟地说话了:

"喂,绣彩,真巧啊,你往哪儿去?"

"我——咳——我——"从来没看到绣彩这样口齿不清过,她嘴张了又合,说道,"——到江子翠看一个朋友。"

"难怪你今天打扮得这么年轻。"锦凤端详绣彩穿了一身套头印花棉布洋装,脚穿一双平底胶鞋,头发乱蓬蓬的,倒像是郊游远足归来的学生打扮,故意取笑地说。

绣彩扯了扯裙角,坐正身子,有点尴尬地笑了:"去你的,吃起我的豆腐来了——"说着细眉毛一扬,凑身向前热络地问:"锦凤,你上板桥啊?"

"是这样的,我家那个二凤老是在学校出问题,这回我特地到板桥去拜望她的导师……"扯了一个天衣无缝的谎,看着江子翠车站到了,锦凤很自然地提醒她一句,"你该下车了。"

绣彩说："嗳,是要下车了。"在颠动的车厢中,她蹒跚走到车门前,临下车前还向锦凤挥了挥手。

锦凤从车窗口和绣彩打招呼,看着绣彩行走在公车扑起的尘灰中,尾随的几辆车风驰电掣地刹那切断了绣彩细小的身影,锦凤突然想起了小鼎的话:"人不为财,天诛地灭。"于是锦凤坐挺腰脊,伸手拢了拢头发。

四

锦凤实在没有想到浮洲是那样破败的地方,车站旁几间小店,贩卖着疲烂的蔬果,除了一条公路外,只有通向田野和零乱住屋的泥路。锦凤来回找了一遭,找不到老邱冰果店地址上的街名。瞥见一个邋遢妇人在半生锈的泵前面打水,锦凤趋身向前问路:

"——请问大兴路四十六号往哪里走?"

妇人停下了打水,面无表情地望着锦凤。一辆空荡荡的公车轰然驶过,激起满天尘灰,像是要开往天涯海角去似的。妇人眯起眼,向马路斜对过的巷子努了努嘴,算是一种答复。

然而锦凤一直走到那低窄的巷底,门牌才不过二十号。

巷子尽头是一片灰漠漠芦笋田，隔着田地不远，对面又有几排散乱的房屋，锦凤于是咬咬牙，大步踩过种芦笋的湿软沙地，走了过去。

处处堆积着零乱未完成的胶鞋鞋帮和各式锈铁工具，这儿家家户户像是都在做着某些家庭工艺，有些人在屋檐下装配些电器零件，也有妇孺小孩围着浸泡着蚕豆的大木盆，嬉笑着拣豆子。

房屋失去了号码，锦凤瞎闯进一个横巷里，经过猪寮、农舍和一幢完全用报废建材搭成的古怪屋舍，她竟来到了一道黑油油的小河边。那河已不能算河，而是积满了垃圾的蜿蜒地带，一辆有"台北"标志的大型卡车，升高倾斜的车后座中，废物泥灰半倒落着，却不知为什么停死在那儿，看起来格外荒凉。

锦凤掩着鼻，转身躲过那浓郁的臭气，又往屋群的那一头找去，锦凤甚至有些惶惑起来了。（妈妈，这不是遇见"鬼打墙"吧……）

终于在一间没有招牌的狭小冰果室门口，锦凤猜猜疑疑地停驻了脚步。

天色已经近黄昏了，一抹斜晖透映在店门口装着红绿冰水的玻璃缸中，几只苍蝇盘行在一盆仙草的黑色方形凝块上，肮脏的玻璃橱内摆设着各色蜜果、香烟和安赐百乐瓶子。

"要喝什么吗？阳桃？柠檬？"一个看起来比么凤大不了多少的女孩穿着木屐，从店里迎了出来。她耷拉着眼皮，踮高了脚跟，习惯地伸手在玻璃缸里探捞一只盛冰水的塑胶杯子。

"小妹妹，这儿是大兴路四十六号吗？"锦凤放软了声音问。

"是。"女孩子顺口回答了以后，突然警戒地抬起眼来望锦凤，黧黑平板的面容上，一双吊梢眼闪闪地。

"邱满贵住这儿吗？"锦凤的声调更温柔了。

塑胶杯子掉回绿色的冰水中，几片柠檬摇荡起来。小女孩突然垂下眼皮，手按住桌角的一块抹布，慢吞吞地拭擦起桌子来了，半晌才听到她细声细气低俯着头回答："没有啦。"

苍蝇嗡嗡叫着，日头更斜了，锦凤站在门口，一双泥污的鞋仿佛沉重地黏牢在泥灰地上，动弹不得。锦凤比先前在车上格外感觉到腰胁下锐利的痛楚，她挺直了背脊，咬住下唇，不让自己的疲倦和火气一并爆发起来。

老邱啊老邱，锦凤我可不是傻子。

她挽紧皮包向店内跨进了一步,仔仔细细上下浏览了一通这片店。两张肮脏的桌子贴墙放着,桌上有吃剩的西瓜皮。墙角一台半旧的大型冰箱,上面贴满各色饮料的广告。锦凤一扭头,快步向店内走去。

"喂,你这个人怎么搞的么?"小女孩的声音尖锐地响起来。锦凤看见小女孩提着抹布奔上前来,又退缩了两步,歪着头像生怕锦凤会打她似的子了彷徨着。

"邱满贵是你爸爸吗?"锦凤站在一面贴了美女日历的三夹板拉门前摆出笑脸问她,"他是不是就住在里面?"

"妈妈生病……我们没钱,爸爸说……"女孩子支支吾吾地,望着两手间挤弄的一团抹布说话,水一滴滴从布间滴下。这是说些什么话?锦凤觉得自己满面笑容发僵,嘴唇都黏在牙龈上放不下来。

"哦哦——"锦凤敷衍着,却反过身来,拉动了三夹板的门。任凭谁也不能抢走小鼎考取建中的乐趣、二凤的笑容、幺凤的钢琴和居住到美满新村的权利……

"老邱,老邱……"锦凤忍不住嚷了起来。房内是阒黑而且蕴含着腐烂水果酸甜气息的,等她略为习惯了房内的光度,她第一个看见的,不是老邱,而是竹床上仰天躺着一个胖大妇人。那妇人似乎要试图努力地转过头,却只斜白了眼角，怔怔地向锦凤望过来。因为这样的挣扎，她的胸口剧烈地起伏着，然而四肢依旧平直得像一具死尸。

"这是……"锦凤话说一半便噤住了口，这会是多少年前喜宴上那位娇小楚楚的新娘吗？那床上的女人张开口，似乎要向锦凤说话，却"合合合……"地呛咳起来，像大堆的痰涌集在胸口，吞吐不得。

许是刚才寻冰果室路走多了，此刻锦凤望着阴暗角落处床上咳呛耸动的女人，只觉得头脑里一片模糊，脚也软了，她身不由己地按着一张凳子坐下。

分明是老邱走过来了，锦凤也不觉得像平日看见的老邱。他的颧骨仿佛在一夜间长高了，油油地红亮着；眼皮也肿了，见到锦凤时，眉毛一挑一挑地，倒好像有一种抑压不住的愉快，锦凤闻到冲鼻的酒气。两人对望了一刻，好像一时分辨不出对面究竟是傀儡还是真人似的。

"李小姐——"老邱说话了。自从锦凤结婚以后，办公室里的同事大多改了称呼，只有老邱仍沿老习惯，称她为"李小姐"，此刻听来，却有说不出的刺耳，"李小姐，您来了……阿兰，去端杯汽水来……"

原来畏葸在门口探望，不敢进来的小女孩，像幽灵一样地闪开不见了。老邱走到床边，把女人扶坐起来，用枕头垫住了背,又轻拍女人的肩膊。女人的呛咳渐渐停止了,头软软地向后仰着,张着口急促喘息,从蓬松乱发间,她又开始试图向锦凤望,只是转不过头来。

"来,我和你介绍,这就是我常和你提起的李小姐。"老邱帮助女人别转过头,对她说话。

"邱太太是……"锦凤从椅子上欠起身来,询问道。

"她两年中风了三次,最后一次差点丢了命,现在只有这么躺着。"老邱一面解释,一面又将女人扶躺下去。

"老邱,我特地从台北来和你商量会钱……"锦凤想理直气壮地点到正题,却发觉自己声音又哑又低,两腿麻胀,腰部火灼一样的烧痛。不知怎的,话锋一转,锦凤竟听到自己这么说起来了,"……没办法呀,人活着就是要受这些折磨,我也是身体总不好,夜夜不吃镇静剂就心烦得睡不着觉,弄得我肝肾都出了毛病,经常头里都是恍恍惚惚的……"锦凤说着说着,竟一时收不住话了。(妈妈,你怎么了,你怎么老远跑到这里跟人家诉起苦来?)

"老邱,开盏灯好不好,房间里太暗了——"锦凤说。

老邱本来微笑着聆听锦凤说话,从床上站起身来,向屋子正中电灯走去。锦凤再度闻着了他一身的酒气。

"……本来四万块钱也算不了什么——"锦凤有点结

巴地说，"——可是我下个月必须付新房定金。老邱，你是最明白的，我们这些做低级公务员的，外表看起来体体面面，其实连一片瓦也没有，你还至少有一家店……"

"店面是违章的，保不了多久迟早要拆——"老邱的语气中有一份奇异的轻快，像是在谈别家不相干的事，他说，"——昨天晚上绣彩在李科长家嚷着要拉我上警察局，其实我一毛钱都没有，坐牢也挤不出钱来。后来绣彩又把我拉到一边，问我可有什么东西可以抵她的会钱，我就告诉她，只有店里的一台电冰箱……"

锦凤骤然从椅子上立起身来，嗓门也大了："你怎么可以……会又不是倒了绣彩一个人的……"

日光灯亮了，在闪闪的灯管照耀一点点，那个女人枕借着散落的被褥，又大声咳嗽起来，这会儿的声音更大了，倒像是在仰天大笑。锦凤看见老邱吃力地弯曲了高大的肩背，呵慰那在床上蠕动的女人。

其实，锦凤老早也听同事谈起老邱太太生病的事，只是从来没想到会如此真迫地来到眼前。仿佛瞪视一幅梦中的图画，锦凤目不转睛地望着老邱轻轻抚拍那仰卧如山的妇人。一种奇异、温柔，完全不像老邱的声音，从他微微摇晃的背影后传送出来：

（"妈妈，再睡一睡，再睡一睡……"）

锦凤的眼泪突然冲上了眼眶。不明所以地，她打开了皮包，两手不太听使唤地、急促地翻找着，找出了一叠用橡皮筋扎得紧紧的一小束百元钞票。拿着钞票，锦凤愣了一会，又把钞票推进袋底。取手帕拭了拭脸，才发觉自己在小房间里闷得一头大汗。

小女孩端了杯发泡的汽水出来，锦凤没有接，努力摆出一个笑脸说："不早了，我该回去了。"

"爸爸，李小姐走了。"

"李小姐，不再坐一下啊——"

店外天色竟然已经完全暗了下来。急急走出来的锦凤站在店门口，一时不知身处何地。犹豫间，依稀看见黑黝黝的巷子里，走来一个瘦削的女人身影，仿佛是在躲避地上的泥水，歪歪斜斜地靠着低矮的屋檐走路。锦凤直觉地背转身来，那人似乎也望见店口的锦凤，停顿了一下，又继续向前走。

转过身来的锦凤，面对送出店来的老邱、小女孩，头突然变成一片空白，她完全无意识地说：

"……不坐了，家里大凤去参加野营，我得……"

忍不住再看一眼那已经走近了的女人，果然是绣彩，正尴尬地冲着锦凤笑着：

"嗳，锦凤，你不是上板桥看老师的吗？你也顺路来了，巧遇，真是巧遇……"绣彩的两道细眉弯成惊叹的弧度。

头脑里"轰"的一声，锦凤仿佛正像那一日早上，镇静剂未退，上街撞到警察的经验一样。绣彩的眉毛霎时高高低低，化成千百重叠影，向她扑来。

恶灵附身一般，锦凤心中瞬间充满了毒恨，那恨意甚至要从四肢，从头发的末梢变成火喷射出来：

"那个，就是那个——"锦凤用几近发狂的手势，频频指点那小店角落的旧冰箱："是我的，我先要了。"

没有多看他们一眼，锦凤飞快地从小店门口跑开了。

锦凤奔跑着，觉得奔跑的不是自己。又似乎觉得自己还站在店门口，正在和绣彩、老邱、阿兰很和气地握手言欢。锦凤还自向老邱笑着说：

"你看，那是一个疯女人，那样地跑着成什么体统啊！"

绣彩听了也微笑点头，说："嗳嗳，真是……明天我一定要到办公室去说给大家听。"

锦凤想到这时，不由得咯咯笑了出来。

锦凤起初觉得风从发梢掠过，如腾云驾雾一般。然而一个踉跄，她绊倒了满盛废物的篓子，哗啷啷许多废铁罐滚出来。然后她几乎撞上一个耸立在黑暗中的庞然巨影,是一辆停放着的大卡车。

(妈妈,我们跑得多开心,让我们再继续跑……)

在堆满垃圾的河边,历历离离的是丢弃的塑胶拖鞋、破碎的各色衣物、朽烂的海绵垫褥、残断的家具遗骸……这些虚虚实实的物件牵缓了她的动作。然而锦凤的神经依旧亢奋着,她看见在黝黯的河流彼岸,从遥远的都市里亮起紫红的光网,在这礼拜天的夜晚,洞照了半边天色。她看见新起的都市大厦群排结着,在她移动的目光中,像一列灯火通明、在夜晚中即将缓缓驶动的火车。

(妈妈,要赶快了,你看那儿有一扇特别明亮的窗子,正在向你招呼上去。)

高一脚、低一脚行走在垃圾堆上的锦凤,面容仿佛倒悬着似的仰望那夜晚都市遥远的华光,她并且竭力伸长了她的臂膊。

(妈妈一定得赶上这班车,一定要!)

◇ 病

围一圈洁白的毛巾,亚男的脸浮现在巨大、明亮的镜片上。她抑制不住兴奋和焦急,催促道:"快一点,快一点嘛!我得赶时间。"

美容小姐笑眯眯地端着银盘子,用一柄细毛刷,沾了银盘上小瓶里的药水,一撮撮刷上亚男的头发,口里曼声应道:"李太太,你瞧,这下子就变了,起码年轻十岁。"

可不是变了吗?亚男坐在美容院的高脚沙发上,看见自己枯败苍黄的头发,像变魔术一样,逐渐转灰、变黑并且发出乌亮的光泽。

顶着新染好、做得十分体面的头发走出美容院,她兴奋得头脑都有点糊涂了。好一会儿,她才想清楚:是赶着送大儿子新新去美国啊!亚男轻快地登上公寓阶梯,推开大门,探头亲热地叫一声:志超,我都准备好了。

她的丈夫志超果然坐在茶几旁等着。志超看起来好年轻,简直有点像电视连续剧里的楚香帅郑少秋。志超望见她,忽然跳起身,跺着脚说:"你看你?你看你!把头整成这样!还有什么脸去参加新新的婚礼。"

婚礼?新新不是要去美国吗?怎么会是婚礼呢?亚男头里爆炸似的轰然一响,耳朵听到呜呜的声音。

忽远忽近地,那"呜呜"的声音像谁在哭,又像飞机起飞。男人半挽半拖,曳拉了她冲出门去,脚不沾地地往前奔。亚男扭头回看,拉着她的不是志超,原来是阿爹啊!阿爹穿了阴丹士林蓝布大褂,一边跑,一边伸长脖子大声嚷:"新时代到了,我们要乘喷射机去参加婚礼!"

早已死掉的阿爹,紧接着亚男,向空旷、荒凉的飞机场直奔。她害怕得哭了起来:"我不去,我不去参加婚礼。你别拉我……"

幸亏这时候,她新做的头发变得又大又重,像乌黑的大铁锅般罩下来,遮断了一切。婚礼、喷射机、飘拂的长袍、冷淡不屑的眼睛能够躲起来就好了,不要怕,亚男,不怕,能够躲起来就好了。亚男深深蜷缩进自己黑暗大头里,哭泣着对自己说。

"啵啵啵啵……"门铃大声而连续地响着,打断了亚男的梦和午睡。

蓦然惊醒，她一时不知自己身处何地。梦像薄烟在午后的门铃声中震颤、飘逸。她咂咂干涩的口唇，这是她好不容易请了假，在家中养病的时间啊。亚男想。

作孽的！是谁按门铃呢？她怔怔地从沙发坐起身，觉得头重如斗，想睁眼，眼皮却肿得厉害，只勉强睁开一道细缝。亚男的视线，刚够看见自己踏在鼠皮色塑胶地砖的脚背。

也还不到放学时间吧？她像盲人般昂高脖子，想看看壁上挂钟，可是窗口日影苍苍，眼前影翳幻飞，什么也看不清。

老大正和女朋友打得火热，照理不会早回来。老二在学校模拟考试，还要补习。再不就是老幺忘了带大门钥匙。

她咬咬牙，从沙发慢慢浮腾起身体，顶起沉重的头，有如太空人月球漫步，转过客厅拥挤、七零八落的家具。"啾啾啾"门铃又响了。

急什么急！老妈的头病着呢。老妈的头若是炸了，谁给你开门？

打开油漆斑驳的大门，又推开生锈的铁门。亚男没料到她看见的，是一双纤纤秀秀、着银灰色高跟鞋的脚。只见这双脚，恰似踩踏上毒蛇尾巴，忽地痉挛，向后直蹦了一步。

亚男抬高头，才让一线目光看清门外的对象。原来是办公室里的杨素心。不知怎的杨小姐高颧骨上的腮红，仿佛因意外而吓成了桑葚般的紫黑色，眼角的眼膏也分外泛青了。她瞪大眼讷讷道："大姐——我特地来看你——哎呀！我简直认不出——你怎么——嚇嚇嚇嚇……"

这样一位学问又好、又伶俐、又摩登的杨小姐，居然以掩口骇笑作为探病的问候，真也未免太不合宜了吧！亚男手撑铁门，昂首冷然直瞪杨小姐，直瞪到她把笑声噎回喉头，露出一脸尴尬。

"请进来坐，"亚男说，"你如果去年看过我发病，就不会么紧张了（真无聊！不知跑来存的是什么心）。"

亚男说着，绷紧的脸想装出一份微笑。可是，肌肉才牵动，她马上感觉到两颊如同发面团般的肿胀。

这副面孔，也难怪别人看了惊跳。记得去年刚闹这毛病，她由医院回家，蓦然在镜中看到自己的脸，药水浸湿的头发，瘪瘪地直披下来，脸庞却像吹气球一样膨大，把鼻子、眼睛、嘴都挤小了，皮肤灰苍苍，毛孔里渗出黄水珠……乍然看到这张脸，真以为是什么前来索命的冤死鬼呢。这就是：人吓人，吓死人吧！

"没力气收拾,乱得不成样子,你别见笑。"亚男用脚胡乱拨开地上散置的球鞋、拖鞋,顺手把一把吉他拾靠墙角,又把长沙发上的旧毛巾被随便推开。横竖家里平常也就是这副邋遢模样,亚男顾不得许多,招呼杨小姐坐下。

杨小姐心神不宁地坐下来,用忧心忡忡的目光探测亚男的头脸。半晌,才细声细气问道:"好些了吗?又是染发剂出的问题吗?真是,怎么搞的嘛?"

嘿!居然跑来看我的好戏。亚男从发肿的细眼缝中扫描杨小姐一身崭新时髦的装束。别装模作样了,快三十的老处女,身穿法国名牌标签的衣裳到处招摇。其实,还不都是公馆那边的地摊货,办公室里谁不知道?亚男没有回话,扭过头去,自暴自弃地想:这病倒病得好,像戴上大面具,再也不必装脸色给人看。

她慢吞吞站起身去泡茶。可是,热水瓶里没水。

"大姐,大姐,你病着,你千万别忙。"杨小姐像弹簧人般跳起来,跟着亚男身后转,哀婉地说,"我坐坐就走,坐坐就走。"

"天气这么热,我记得冰箱里有西瓜。"亚男固执又坚决,不顾杨小姐抗议,把超大号冰箱门拉开。一阵浓郁的菜肉气味扑面而出。

冰箱里，由顶层而下，塞满各式烹煮及未热的菜蔬。这是标准职业妇女家庭电冰箱。以前，亚男总是三两天买一次菜。这次生病，难得，志超上了菜市。君子远庖厨，他一向是最讨厌菜市的，这回大概见什么买什么，一口气把冰箱全塞满了，省得再麻烦。反正，家里三个男孩子胃口奇大，亚男估计这些菜没烂坏前，通通也都会填进人肚皮里去的。

病着，饭菜还得爬起来烧呢。亚男原有一手烧菜的好手艺。阿爹在世的时候，就算烧个萝卜白菜，也有一定的刀法煮法。这大概是遵从老夫子的遗训吧，肉不正，不食，菜看不鲜洁，不食。如今，她抓到什么便煮它糊糊的一大锅，自己看着都懒得吃，这就难怪志超三天两头往外跑了。志超原也是一个细细致致，讲究生活情趣的人啊。面对一冰箱黑压压的菜肉，亚男心里浮起一阵乏力和自责之情。

管不了这许多了。亚男浮肿的眼睛看不清，粗暴地在冰箱里乱翻一通，不知从哪个角落掏出一片西瓜，把杨小姐押到客厅茶几边去吃。

杨小姐犹疑地把一片西瓜端到口边，又放下，又端起，看看，又放下了。

亚男用平板、不带感情的语调，从头叙述病情："——

其实，我早知道，用染发剂对我的体质会发生问题，偏偏我的头发白得早。（才四十五岁呢，看啊，刘副理的头发就一点不白。）黄一丛、白一丛，给客户看了多不成样子。（如果和志超出去，搞不好，人家还以为我是他娘。）巧的是，一位远房姨妈送给我两瓶外国货染发剂。（亚男，不是我说你，光疑神疑鬼是没有用的，这年头，外边的诱惑太多了，你得好好打扮打扮，才抓得紧志超的心啊！）我想：外国货、名牌，应该没有问题。就上理发厅，用用试试看，也并没有马上发作……"

听到了要点，杨小姐神色兴奋起来，坐直身子说："是啊，那天早上到办公室，看你走进来，头发又黑又整齐，好像年轻了十岁，我还说呢：大姐，今天有什么喜事啊！"说着，杨小姐干脆把西瓜放下了。

"就是，那天，一直忙到中午都还好好的。天气热得很，吃过了便当以后，我趴在靠冷气口的办公桌上午睡。大概是一点多钟吧，我胸口又胀又闷，给闷醒了，闻到一股好浓的酒精味。（夹着什么东西腐败了的气息，想着都恶心！）我这儿闻闻，那儿嗅嗅，这时候，谁也不可能喝酒呀！我这才突然想起去年染发中毒的经验。不对了，怪味儿是从我自己的嘴巴冒出来的呀。（天哪！谁知道我清清醒醒、兢兢业业办公了二十年,有一天,嘴里竟会冒出酒精味来呢?)我急忙跑到刘副理那儿去请假,你没看见刘副理吓成那副样子。(笑死人!)"

一听说亚男又要犯病,刘副理苦皱起脸,肥胖而戴着宝石戒指的手满天挥舞,像是追杀一只空中的大苍蝇。他把厌恶抑制在极端不耐的语调中:"你看你,你看你,孩子都读大学了,干嘛又去染头发?又不是小姑娘爱美爱俏,真是出洋相!"

出洋相,说的也是。亚男心里惶乱酸楚地想。又不是七老八十,谁想到头发好端端竟然花白起来?哪,也不过就是这一年多来的事。经济不景气,志超的外销生意垮了。公司里又紧迫裁员,上月裁掉魏淑珠,这回又裁掉邱福民,尽拿公司里的老人开刀。真是伍子胥过昭关,头发是给活生生、急白出来的啊!

眼看着公司在忠孝东路的黄金地段,盖起堂而皇之的大楼,亚男原以为可凭着资深职员的资格,昂然出入,谁又知道竟落入这般生死挣扎的地步。公司作业纳入电脑管理。学有专长的大学生气势如虹地挤进办公室,穿着讲派头,做事讲效率。如果亚男不染黑头发,伪装一份活泼和忙碌,这地盘还有得她混的吗?

你瞧，就拿那个胎毛未脱、乳臭未干的电脑小徐来说吧，整人冤枉连眉毛都不动一动呢？

"大姐，你看我做得对不对？"小徐一手拿电脑处理的报表，一手叉着笔挺西装下的细弱腰杆，亲热地问。

亚男受宠若惊，忙说："对，对，就是这样。"其实，她虽然做了二十年的资料工作，却对新式的电脑作业一窍不通。

小徐忽又忧愁地斜偏了头，把报表左看右看、正看反看，慢吞吞地说："大姐，恐怕不对吧？你看不出大有问题吗？"

猝不及防，亚男觉得直被逼退到太古洪荒去，连还击的武器都没有了。到这时候，她只好一横心，露齿狞笑："唔，是不对，的确有问题，你学电脑，难道学的是吃屎的不成，自己拿去研究研究吧！"

刘副理啊，别以为我不知道，办公室里大家都在眼瞪瞪看我的好戏。希望我露出白发龙钟的原形，早早卷铺盖走路。刘副理啊，你若是也打这主意，就太没有良心了！算你运通，别忘了你初进公司时，那股寒碜劲儿，事事还得向我讨教！如果我家志超做外销成功，你哪点能同他比？就是你替他提鞋也不配。呸！

你听着，我决不退休！我的病马上就要发了，我得赶快回家！只要歇个三五天，病一好，我立刻按时打卡上下班，绝不迟到早退！就算你要赶我走，也根本找不到任何借口！

……聚散匆匆，莫牵挂

未记风波中，英雄勇……

亚男和前来探病的杨小姐坐在客厅里，正有一搭没一搭的说话。天花板上，一阵阵飘来最流行的香港电视连续剧《楚留香》歌曲。像是录音带在播放，反反复复，一会儿是广东腔，一会儿又是普通话歌词，曲调豪迈，又带着满不在乎的潇洒劲儿。

这幢钢筋水泥公寓说来也怪得很，一点隔音效果也没有，就像马粪纸糊的。街上车声人响，邻居的任何动静，一概都像近在眼前。《楚留香》歌曲因之穿门越户，到处潇洒飘扬了。

"哗啷——"抽水马桶的水由天花板直淋下来，杨小姐禁不住抬头望了一眼。亚男兀自不动如山，肿大的头脸蜡黄，浮着油光汗渍，活像一尊异教神祇。她继续说话："她倒在地上就死了，你信不信？"

……尘沾不上心间

情牵不到此心中……

亚男一本正经地说："因为我生病,别人告诉我这个故事,千真万确的。一个乡下老太婆,儿子在城里做事,快结婚了。这个老太婆接到喜讯,要到城里参加婚礼。邻居好心劝她说:到城里去,要打扮体面一点,别丢了儿子的脸。还有,头发花花白白,不好看,该去染一染才对。老太婆听了就去染头发,打扮得好像贵妇人一样。她高高兴兴走到火车站去。可是没有想到,突然间,她变得头大如斗,倒在月台上就死了……"

"真的!"杨小姐恐怖地叫起来,望着亚男的头,仿佛担心她会突然滑到茶几底下死掉。

……来得安,去也写意

人生休说苦痛……

亚男强睁浮肿的眼睛,饶有兴味观望杨小姐的表情。吓吓她也好,在这世界上,谁也别猫哭耗子。今天中毒的是我,焉知明天不是你?

"别说染发剂中毒了。毒油、毒酒、毒虾米……现在的哪一个人不活得提心吊胆。可是想想也就横了心了。报纸上说是蔬菜水果上有农药,那么,就用洗洁精多洗洗吧。又说洗洁精也有毒,那么,就通通毒死吧!就怕毒死了,连尸体也因为生前吃多了防腐剂,烂都不会烂呢……来,把这片西瓜给吃了!"

"真是,人心太坏了,"杨小姐说着,用涂了紫红色蔻丹的尖尖手指掩着脸颊,"前一阵子闹食油含多氯联苯,哪一个倒霉的吃了油,脸上长一大堆毒疮,退都退不掉,那才叫可怕呢……大姐,你的脸,肿快退了吧?"

"医生也骂哪!(李太太,可别再玩命了。)这些染发剂,明明可能对人体有害,也不在盒子上注明清楚。(李太太,下回毒攻心脏,就要一命呜呼。)因为注清楚了,会影响销路。听说,在美国有人药剂中毒,想控告制造商。哪知道商人派了职业杀手,把一家人杀个精光……这年头,大商人有钱有势,杀人灭口,谁惹得起?"亚男说。

冰西瓜摆久了,在玻璃茶几上渍一圈水。两人坐在客厅里,忽然没话说了。

杨小姐的脸也渐呆木下来。像在倾听楼上飘下来的《楚留香》歌曲,一会儿,她忽然摇晃身体,殷勤又讨好地笑道:

"今天晚上,要演《楚留香》呢!"

"唔!"亚男也倾耳听了下歌曲,机械地回答,"不是吗?志超和孩子都爱看得不得了。"

说完,亚男忽然觉得心里一阵寂寞。这些年来,在家里有谁真正和她坐下来说上几句话呢?每天下班回家,匆忙做好晚饭,吃完饭就是看电视的时间。志超或去打牌了,人影不见。在家的孩子们则像螃蟹一般舒张手脚,盘坐在沙发上、地上看电视,或跑来跑去,进行电视三台的争夺战。

戴着六百度近视眼镜的老幺,最是霸道。亚男有时看了一半的节目,也会被他硬生生拦断、转扭到另一台去。这时候,亚男发了脾气,老幺就会口里"老妈,老妈"的软哄硬骗,弄得她一点办法也没有,只好由他们去了。

幸亏来了个《楚留香》,把全家电视的兴趣全统一了。每周到《楚留香》播出的日子,连志超也常把牌局回掉,回家吃晚饭,又和三个孩子一起坐在客厅里等着看《楚留香》。

阖家团圆、共享天伦。这时候,亚男一面欣赏电视里白衣白袍的侠士与美女调情,一面偷窥志超躺在沙发,白衬衫下凸起的肚皮。这肚皮,是他在全力做外销生意垮了以后,才凸起来的。从此以后,亚男总觉得志超把一切他俩过去共有的美满都藏起来了,隔着厚厚的、沉默的肚皮,完全触摸不着。

可是,办公室里的小姐,都说有小肚子的男人看起来最性感。亚男不放心地又偷看一眼志超,岁月并没有把他清朗的侧脸轮廓磨蚀呢。他紧抿往下弯撇的嘴角,又似不屑、又似陶醉地盯着荧光幕。他在想什么呢?这么爱看《楚留香》是向往楚留香的艳福,还是他在外面已经偷偷有了……

亚男看着电视荧光幕上,楚香帅轻轻在女主角床边放下香囊,然后翻身跃出窗外,飘然在夜色中远去。亚男的眼眶忽然湿了。我配不上他,我不该把他名节坏了。然而,我也曾全心全力爱过他,愿意为他做尽一切……难道是我的错?背着他,一家一家去送红包,设法打通关节,原也是为了在百般的不景气下,能替他争取到外销配额啊……路像是走不完的。端着二十世纪梨的盒子,到处厚着脸皮说同样的话。我也是逼不得已……谁知道那天礼送到处长家,会打了回票,狼狈地被轰了出来……谁又知道,事后志超会沉下脸,用那样冰冷不屑的眼光看我……是我坏了他的名节。贫贱夫妻,原也可以活得堂堂正正。阿爹生前是怎么说的?君子固穷,小人……总之,是我错,是我理亏,是我对不起志超、对不起阿爹……他竟用那样冰冷不屑的眼光看我，让我一句话都说不上来。

头发便是从那时候开始白的吧！亚男想伸手摸摸自己干枯的头发，可是两臂像折断般失掉力气。她只有瘫进沙发、瘫进《楚留香》电视剧里。

……就让浮名，轻抛剑外
千山我独行，不必相送……

"这首歌可真流行呢，"杨小姐笑起来说，"大姐，你没看到报上写的，连葬仪社出殡都吹打起《楚留香》来了。"

坐在沙发里的亚男才想笑，又意识到自己两颊发硬，头顶像铁锅般沉重。她突然很想起身去照镜子。按理说，三天休息下来，肿应该消退些了。可是，偏偏这杨素心还呆坐着不走。

到底我的脸怎么样了呢？在漆黑的世界里，亚男只听到男人的鼾声，不太远，又像极远。志超，醒醒，志超，醒醒。我的头好难过，你替我扭一把冷毛巾好吗？黑暗中，亚男努力翻转身，伸手去摸触那鼾声，手秘密地伸出，又秘密地缩回来。志超，我没有脸见你！

到底我的脸怎么样了呢！这个烂屁股的杨素心，不走是要等我死吗！不必等了，老太婆自己会打扮好上路。千山我独行，不必相送了。

大概是察觉到亚男神色不善，杨小姐忽然用非常幽婉的语调，向亚男倾身说道："大姐，三个孩子都大了，又有李先生在做事，你辛苦这么多年，也应该退休下来，在家里多享一点清福。"

亚男骤然觉得鼻尖一酸，"嗤！"地从鼻孔里笑出来。她说："杨小姐，你没结婚，这你就不懂了。三个孩子都是要读大学的，等大学毕业，如果有机会，也不能不把他们送出岛去见见世面。（哼！那刘副理当初还不是和我一样从临时雇员混起的，现在儿子已经在旧金山了。刘副理还洋洋得意地说：将来把事情一丢，坐飞机到美国和儿子一起开餐馆发财呢。）你想想看，这份家累有多重啊！他们老子一个人哪顶得住？也不怪志超三天两头去打牌，省得在家里看着三个孩子冒火发烦。（要不几天不说话，要不骂起人来吓死人！）我么，其实也忙惯了。十七岁就出来闯，一个月赚六百块钱。那时候六百块钱新台币不算小，生病的阿爹全靠我奉养呢……"

大概是那天在病中听到老二云云谈起语文老师的刺激吧，亚男最近总会想起阿爹。看见杨小姐带着神往和幽怨的神态，专心倾听她说话，亚男忽然话匣子大开地谈起阿爹和往事来。

"那时候，我们住在同安街，一栋矮矮的日式宿舍里。阿爹本来教语文，房子里一架一架的都是书，到处摆得满满的。"亚男说。

杨小姐凑趣地说："这就难怪，我就觉得大姐字写得好看，像是有国学根底的人。"

"那你就不知道了，阿爹真是满腹诗书。如果不是因为生病躺下来，我不知道可以从他肚子里学多少好东西，也不会像今天这样了。可是，阿爹总说：亚男啊，可惜你好端端地放弃学业，不过不要紧，我来教你。其实，我忙着做事、赚钱，哪有心思学呢？"

那时候，亚男刚下班，手里提着的一些菜还没放下，阿爹就颤巍巍地从床上爬起来，急着对她说话，又十分兴奋地去翻书架上灰堆尘积的旧书。

"新时代，就要来临了，怎么能不温故而知新？"阿爹摇晃着头，枯瘦的颧骨发出病态红光，像立在课堂上大声演讲，"要知道，忧患、动荡，都是暂时的。今天，我们要面对新时代，要学西洋的，也要认识，我们五千年，立国的根本……"

阿爹兴致勃勃，把满腔在学校培植栋梁之材的热情，都发泄在高中都来不及毕业的女儿身上。亚男敬畏地哦哦应着，心里却在后悔不该买猪脚回来，没有时间煨烂了。

"这就是大同篇，这就是，礼的运转，礼，就是理，道理，道……"阿爹又兴奋地呛咳了。亚男惊骇地替阿爹捶胸拍背。阿爹喘息一下，又嘶声说，"——在于人伦，唔，在于人伦……有所终，这个……有所用，有所养，使……"

"幸亏阿爹死得早，看不到外面世界变成什么样子，"亚男对杨小姐谈往事，不知怎的，心里竟觉得怆痛非常："记得那时候，阿爹病床上，宿舍又要拆了。我心里多急呀，可是又得装出没事人的样子。每天出门，都把木格窗拉紧，说是怕阿爹吹风，其实是怕他知道外头正在拆房子，你说我心里有多急……"

亚男说着说着，忽然哭起来了。杨小姐略感惊讶，赶忙挪近亚男，安慰地扶住亚男肩头："都老早过去了，还伤心什么呢？"说着话，杨小姐的眼眶也红了，从皮包里掏出一条法国名牌的薄丝手绢轻拭眼角。

亚男用哽咽嘶哑的声音说："我也算全心全意服侍过他了，我这个做女儿的……（睡进黑黑的地底下，摸也摸不着。黑漆漆的。我的头好难受。我想叫醒你，志超，替我扭一把冷毛巾，捂捂我的头。难道是我的错吗？在二十世纪梨的盒子里放红包。你做不出来的事，我替你做了。你不能怪我呀。志超，我摸不着你。我头好难受。）"

"大姐，大姐，"杨小姐情感丰富地搂着亚男，"说起来，我们女人也真吃亏，一辈子都是为了男人——"

亚男想到公司里的一些流言，预感杨小姐也要吐心事诉苦，她顿时坐直身体，用眼缝斜瞄她一眼。再怎么我也比你强。总不至于嫁不出去，做老处女。

"哼哼，"亚男收泪，轻声笑道，"这不都是自找的！"

被亚男打断话头，杨小姐无可奈何地叹口气："大姐，横竖你也快苦出头来了。"

苦出头，苦出个大头鬼。

那天，亚男请好病假，乘电梯下楼。在电梯里，她不敢面对镜片，生怕看到自己的头脸起了什么变化。电梯滑到了楼底，走出来，在光净的电梯门滑拢来的一刹那，亚男忍不住焦灼和惶惑，回头朝电梯内的镜片照看了一眼。还好，脸还没变。

亚男捏紧皮包，转身一阵风冲到忠孝东路大街上。日头炎炎，放眼望去，高楼大厦林立，满街车辆飞舞。亚男只觉得头上汗出如浆，犹豫了一下，她舍不得花钱坐计程车。

以她上次发病的经验，头顶还没有发麻，还可以撑一段时间。如果动作快，乘公车回家，说不定还能把孩子明天带便当的饭菜先料理好，再去看巷口的王医生。

杨小姐说："……三个男孩子，听着都让人怪羡慕的。"

可不是吗？

那天下午，亚男气喘喘奔回家，鞋都来不及脱，飞快地从冰箱里取出牛肉、胡萝卜，准备切洗烹煮。可是，牛肉冻得像石头一样，剁也剁不开。正焦急着，她的眼忽然昏暗下来，把菜刀砧板都一并晃啷摔落在地。糟了，提早发作了。她害怕起来，想立刻到巷口看王医生，可是头发晕、脚发软。她回房，倒头竟睡着了。

不知过了多久，像腾云驾雾似的，她听到飘忽的人声。

"这个'色难'什么意思……"

"嘻，色么，亲个嘴吗，摸一摸吗找马子很不容易啊……"

"真烦，都已经太空时代了，我们的语文老师，还出这些念咒似的鬼题目……"

"神经兮兮的……"

亚男床上半睡半醒，伸手摸摸脸，湿漉漉的，额头已肿起一个个硬块，好像还渗冒出汁水来，她明白是云云和新新在客厅说话，就张口叫老大的名。

"新新，新新！"亚男在黑暗中呻吟。

外边静了一下，纷乱的脚步涌进房，卧房电灯啪地亮起。

"哎！老妈。你不要吓死人好不好。"老大新新说，"上回已经闹过这老毛病了，又去染头发，真难看死了。"

"新新，快陪我到巷口去找王医生。"亚男说。

"要去，你自己去！丢人现眼，让邻居看好戏！"

老大愤愤说完，咚咚转身走出，客厅里的电视随即响起。床前另外两个人影，仿佛犹疑了一下，也转身走出去了。

亚男躺在床上，张大嘴，半天说不出话。怎么会是这样？难道我是妖怪，住在妖怪窝里不成？

亚男忽然有了力气，跌跌撞撞从房里走出来。她眼睛看不清，扶着椅背破口大骂：

"畜生！你们这些吃屎长大的畜生，我辛辛苦苦养这群畜生……"

亚男听到身旁人"吱吱"地笑。像被马蜂叮了一样，她怒不可遏挥手打去，一半打中人脸，一半打在藤椅背上，震得她心手发麻。

"哗！你打我！"是老幺小毛，他扯开刚变嗓的喉咙，大叫起来，"你凭什么打我？"

"简直是疯了,"新新的声音不耐烦地说,"总是这样不分青红皂白,小毛笑的又不是你,是电视综艺节目里的老夫子呀!"

"猪头,猪头,你这个猪头。"小毛哭声嘶叫。

"好了,好了,别闹了。老妈,我陪你到巷口看王医生就是了。"老二云云的声音说。

被云云拉住,亚男才发现自己手脚索索发抖,站都站不稳。

"大姐,你好好养病。我得走了。"杨小姐说。

"不多坐会吗?不吃西瓜了吗?"亚男说。

杨小姐走到门口,又回过身来,挤出宽慰的笑脸说:"刚进门,看见你简直不认识。坐坐看看,又觉得还算好,不严重。"

"是嘛,"亚男说,"看过我发一次病,就不会那么担惊受怕了。"

送走杨素心,亚男立即捧着头,到盥洗室去照镜子。眼皮的浮肿已经消了些,她可以比较清楚地看见自己了。这病由头顶往下发,如今水肿已散到两颊和脖子四周,再往下发散,就快看不出来了。

如果不是因为这病让我变形和扭曲,我应该还不算难看吧？头发白是没法子的事。不过，染的不行，说不定可以用喷剂。下回试试看。

过两天，又可以正常上班，亚男觉得心情松快些，一切都还可以从头起。等世界性的经济复苏、景气来临，志超仍旧可以和朋友合伙做外销。只要他事业成功，赚够了钱，一切也都会大大不同了吧！

亚男踅回客厅，捡起杨小姐没吃的西瓜，张口就咬。咦。这西瓜怎么是咸的？亚男心里不信，又咬上一口，真是咸的！亚男冲进厨房，把西瓜吐到垃圾桶里，她这才想到，大概是冰箱里打翻了菜卤子，渍在西瓜上了。

我怎么这么倒霉！连甜的西瓜也吃成了咸的。亚男气愤地冲进卧房，一头倒在床上。

亚男闭眼养病，听到楼上飘来《楚留香》的歌曲。今晚的电视正是播《楚留香》吗？她心中浮起一阵恍惚的喜悦。什么时间了？放学时间快到了吧？今晚，志超说不定也会回来看电视。该起来做晚饭了。再躺一会，就爬起来，做几道好菜……一切都还可以从头来的。亚男想。

……湖海洗我胸襟，河山飘我影踪，
云彩挥去却不去，赢得一身清风……

这是八十年代的台北,夜幕低垂,白衣白袍的侠士又潇洒登临荧光幕。他仿佛比经济不景气、人口膨胀、环境污染都要来得真实。楚留香并且轻挥折扇,轻灵地飞跃过千门万户、马粪纸扎的机关大布景。

夺水

孩子，瞧你，又在黑暗里撞了头了。

来，我帮你揉揉……

有什么用，你还会再碰，一次又一次。

黑暗里，你要用头撞开什么呢？

说个故事给你听：

很久很久以前，咱们住的地方，叫作"苦海幽州"。苦海，你懂啊？苦涩的海。幽州，就是北方黑暗的国度。世世代代，子子孙孙在黑暗里瞎撞，想撞开一条明路来。

有一回，咱们险些儿胜了，呵呵，你不同意？

对了，咱们要说的，就是高亮的故事。记得吧？孩子，高亮。这名字让你想起什么来了吧？

唉，又撞头了，撞出好大疙瘩来……

这不是做梦吧！我靠紧树干，树皮很粗糙，刮得我的背生疼。我摸触身旁红缨枪，手指在锋刃下流血了，我捏紧了手指……血，别再流了。好热，好热的风，我身体里的水、盐和昨夜的酒都被热风吮吸出来了，只剩下腔子里一颗心在扑扑跳、好像离水的鱼……不是梦！

焦热的风带动大幅帘幕般的黄沙在铅灰色天际漫漫流动，西边重重山脉一夕间全枯黄了，落叶吧嗒吧嗒掉下。有烧焦的颜色遮盖因热而爆裂开的蛇尸……我得追上前。我想。只这么一遭。我得证明我行，我没有白活。翠巧。我不害怕，也不犹豫……

可是这分岔的四条路该走哪条？向北通北关、向西北往玉泉山、向西越西关、向西南通西山八大处、向南到西直门南侧阜成门、向东……谁告诉我该走哪一条，好像小时候离家迷了路，我哭，妈妈我哭，我不喜欢孤单被抛弃的感觉，可是他们说好汉英雄，你是屠龙好汉，快去快去，屠龙莫回头，千万莫回头，屠龙英雄迷了路……

我看到独轮车碾过泥地的痕迹。在往西北玉泉山的路上。

嘿！说起那高亮，果然有胆有识，他光着背脊、手提红缨枪往西北山上没命似的冲去。他的身影闪动在焦枯草树间、时隐时现……刘大军师原在他额上用朱红笔画了保命符，此刻全被汗水弄糊了，像鱼鳞一样斑驳脱落……

想起来了？孩子。你开始想起这个老故事来了？

那天，是高亮揭了刘伯温贴在城头的榜文啊！

说起来，是好久好久以前的事了……

幽州本是龙住的地方。然而，从山上走下来了蓬头垢面的人，他们捏黄土做锅、挖泥炭升火。人用光沼泽里的水，砍木柴架简陋的房子。房子多了成为村庄，一寸一尺扩张、占领龙的领地。最后，他们决定要盖大城！

筑城的图样就是军师刘伯温画出来的——"八臂之城"。

以两口深井为眼、以八座宏伟的城门为手。刘伯温想盖一座地上从未有过最华丽、最牢固的城，用八只石砌巨手，永远把龙的子孙驱往幽州以外的东海。

眼见"八臂之城"就要落成，龙公动了怒："刘伯温何等猖狂。这小小一座城就能奈何得了我吗？看我施出本事……"

就在刘伯温在城头贴出榜文的前一夜，龙公带龙婆一家子化作人间送水夫，推两辆独轮水车，摇摇摆摆，到城首两口水井前，汲了一夜的水——那井水啊，地底四通八达，像血管一样绵密！灰浊的是苦水井，人们用来洗衣、洗秽物用的。白亮的是甜水井，煮饭、饮用都得靠它……龙公、龙婆毫不留情，一股脑儿把苦水、甜水全汲干……八臂之城的眼睛被剜掉啦！成了瞎眼的蜘蛛城啦！八个城门在黑夜里颤摇起来，瞎了眼的蜘蛛焉能斗得过龙呢？失了水，幽州城内的人还能活得下去么？孩子，你说呢？

督造大城的刘伯温第二天醒来，连洗脸的水也没有。这就难怪他急得连官服都来不及穿，匆匆卜完一卦，就在西直墙上贴出榜文——征屠龙英雄……

我跑。

枯草扯我的裤管，用刀片般叶缘拂割我胸膛，坑洼不平山路抓我的脚，尖锐的石块跳弹起来打我膝盖……

我跑得更快。

飞！我想飞像鹰一样展翅飞，哪怕就这么一次也要飞越那着了火似的高山。翠巧，是为你翠巧才追跑在这荒山上……

我喘气。

要深深、深深跑进你的身体。更深、更深不再出来。你不要笑，不准你邪浪的笑。我可以证明，你看我会追回龙带走的水。我是屠龙英雄，为你翠巧我才去揭了榜文……

啊，让我喘口气！

你羞辱我。翠巧，昨晚我把壶里剩下的酒全喝干。好热，好，我推开窗……

好黑。翠巧。我把酒杯掷出窗外，听酒杯碎裂在长街声音好小好寂寞……

我想哭。翠巧。我撑窗槛的手臂抖颤，我没有这么怕黑从来没有因夜黑而哭……

翠巧。再让我试次。我要深深，深深进入你，再次扳倒你，证明我活，不然我就要掐死你，不准你这样邪浪颠倒的笑……

我跑。我喘。我跑得更快。翠巧。我不害怕。我两臂开始有力气。准备把红缨枪掷出……

话说那高亮揭了屠龙榜文，也应全在刘伯温的预料之中。你说是吧？！孩子。刘伯温有未卜先知的能力啊！

虽说如此，刘伯温见到眼前这来应征的汉子，也要深深惊异了……

这就是将来要成为传奇故事中的英雄人物吗？

衣衫不整、脚步摇晃，手里拖一根吊垂着烂红布穗的长枪……他就是命中注定将来会从龙公龙婆手中夺回水来的高亮么?

看到他眼中宿酒的红丝、焦躁不熄灭的欲望,刘伯温忽然都信了。刘伯温把手搭上他的肩膀……

孩子。你哭了?你也觉得高亮好可怜,是吧?!

刘伯温说:好。你来了。很好。就是你。高亮。你就是屠龙勇士!

我为你提起朱砂笔,额上狂书保命符。此番屠龙去,二事牢记心。刺龙端可一击中,要取甜水非苦水。刺中转头疾疾奔,千千万万莫回首……

唉——刘大军师忽然叹了气。徒劳啊——都是徒劳。到头来,谁胜?谁败?谁生?谁死?谁黑?谁白?谁甜?谁苦?全是天机,不得泄露……总而言之。高亮。总而言之。你跑。你快跑……

别怕。高亮。你快跑。我们都盼你功成归来。妇人盼着你。孩童盼着你。刘大军师焚香祷告盼着你。官兵列队在西直墙外盼着你。盼着你。盼你成为千秋万世的英雄。盼你成为与此城历史永不分离的传奇。

亮晶晶。什么东西?

它刺痛我眼睛。

翠巧耳环刺痛我眼睛,她死命把我推开、推开。把脚从我腿下抽出,你这个不中用的东西、不中用。翠巧用唾沫唾我,她啪嗒啪嗒胸口挥拍纸扇汗水头发披落不中用的东西。她说哪门子好汉!几绺头发黏在嘴角好像口里爬出来黑蛇……

翠巧耳环亮晶晶,摇晃刺痛我眼睛。我咬、我渴,我宁愿它是一滴水好解我渴。但它什么也不是,天啊,我是不是做梦……

一片龙鳞!

一条岔路又一条岔路,高亮漫山遍野乱钻乱跑,像疯子,像瞎了眼睛兜圈子的苍蝇……呵呵,要不是推水车的龙公龙婆故意在岔路上遗落一两片龙鳞,高亮还不知道要跑多少冤枉路呢!

世上但有那刘伯温能未卜先知,难道龙公龙婆就是呆子不成。为圆满完成这个故事,他们只嫌高亮太笨。到最后,龙公干脆把水车停下,躺在落叶堆里睡着啦。

龙婆坐在树荫下,忍不住嘻嘻笑,她说:来呀!孩子!来呀!我的肚子饿,我闻到生人的味道,我知道你近了……来呀……

啊！是谁你是谁？

告诉我可看到龙公龙婆带水走过他们往哪个方向？你快告诉我，你这个老太婆怎么不说话？

孩子，看你浑身大汗，胸口突突跳……

孩子。我喜欢你！你的血是红的，你的心是热的……

孩子。让我搂搂你、抱抱你！

我要讲一个故事给你听，好让你安眠……

你指甲、你牙齿、你幽暗皮肤隐约的鳞纹啊！难道你就是……

别靠近我！否则红缨枪不容情！它会刺穿你！

水。水在什么地方？

呵呵，孩子。

虽然故事还未发生就已写好。你是主角所以并不了解结果。甜水苦水你将夺回哪一种水？是死是活你又何尝知道？你像迷路的孩子孤单在世上彷徨。哭喊亲娘也无人答应……

呵呵，孩子。

要不要我透露一点秘密给你听？

我认识你爹，也认识你娘，说起来，我应该是你太上祖宗娘娘。

从你眼中的血丝，我看到你父亲逞力气被城砖压死的惨相。从你眼里的火光，我看到你母亲与人通奸为爱而发狂……呵呵！孩子。你可知道他们现今在哪里？那幽暗和寒冷，不久你也得前赴……他们封闭在地下最黑暗的水泉，以头撞石，想重见光明。

呵呵，孩子。

他们成了一种古怪的鱼！

可怕可恶老太婆你在扯谎。人只能活一次，死后臭烂无踪无影。我像箭在弦，要向光明长空射出。刺穿空茫，赢得英雄美名传……

说到这鱼，你们也见过。

渔人在北方的黑泉里，捕来卖给富贵人家做玩物。

只要放几片黑石头在水盆里，它就用头去撞碰！

鱼撞得石块布布响、额头肿起，人只觉得好笑，叫它"布鱼"。

鱼有鳞，是龙的种族。

人无鳞,是龙的仇敌!

哪知道就像黑夜与白昼并无明显界限,斗争输赢就好比沧海化桑田、桑田化沧海。火热的欲望终归冰冷,冰冷又孕育了求生的鬼灵。唉!为什么不睡一会呢?

呵呵!来吧!孩子。

为了我掌管那寒冷和幽暗,亲亲热热任我搂抱,叫一声祖宗娘娘!

我知道你就是龙婆。我毛发竖立、紧握红缨枪,不听你胡言乱语。受我一击……

嗳嗳!别弄错了故事的章节。

一切都得清楚依书里的线索发展,以免扰乱日后的传述……

孩子,听到这儿,你怎么又用头去撞墙了?

话说那高亮在荒山野岭间找到龙婆。龙婆转身从枯叶堆里扯出打鼾的龙公。龙公醒来转身从枯叶堆里扯出一辆独轮水车。水车上水缸长出龙鳞转眼变成大肚皮龙子。龙子转身从枯叶里扯出另一辆独轮水车。水车上另一个水缸长出龙鳞转眼变成大肚皮龙女。龙婆手拉龙公手拉大肚皮龙子手拉大肚皮龙女。龙公一家人手拉手转身向高亮大笑。龙公笑嘎嘎。龙婆笑嘻嘻。龙子龙女肚皮装满八臂城内所有的水，咕噜咕噜地笑。

来吧！高亮。你刺吧！

任你选，任你刺。刺穿肚皮，就能得水！

故事规定，你只准刺一次！

刺完，你得快跑……记得哦，千万不准回头！

不然，就得死！

嘎嘎。嘻嘻。咕噜咕噜……

我要刺翠巧我闭眼用全身的力量，我举起红缨枪刺翠巧。你不要邪浪的笑，我将深深进入你的身体，在那里没有评判，在那里我将深深找到平宁和休息……

在这广大令我眩晕的天空下只有这一次……

我闭眼用尽全身的力量——

我刺！

高亮刺了他命定的那一枪！

高亮汗涔涔回头就跑！

高亮周身像着了火一样，往八臂城奔去……

跑！高亮。你快跑！全城的人都盼着揭榜文的屠龙英雄夺水归来。刘伯温焚香祝祷求你。官兵列队在西直墙外的桥畔欢迎你。孩童雀跃着要看你。百姓杀鸡宰羊做酒菜邀你……

近了。高亮喘气。近了。他看见了……

有什么用？这一切的光荣不过只是故事里的情节。

孩子。你听着。那只是很久很久以前的故事……因为是故事。雄伟华丽的八臂城不免看来像纸糊的，站立城门的刘伯温、官兵和百姓不过似一队傀儡……

傀儡们单调的欢呼、雀跃、尖叫：

高亮！我们要甜水！

高亮！我们不要苦水！

高亮！我们要甜水！

呵呵！傻子。

谁答应你高亮一定要夺回甜水？

我终于刺了翠巧，我刺过了翠巧，我刺……我真的刺……我真的……

我跑，我突然怀疑。我跑，我突然想大叫。这一切都是捉弄谁？在捉弄我？是草它拂割我的胸膛？是泥地它拖拉我脚跟？是尖锐石块它跳起来打我膝盖……可是没有痛，我的痛和我的红缨枪都在一击中失落我的心。突突跳的心，在一掷中飞向茫漠无际的长空。翠巧我根本不认识你，你的笑对我没有任何意义也无需肉体再一次拼搏。我掷出红缨枪就像推开窗向黑暗长街掷出酒杯，远远迸碎。声音好小好可怜好孤寂……我听到热风在空城回旋，我看到全然的黑，我害怕想哭。在黑城里我看见斑斓像大锦蛇般怪物尾悬于井架，扭动肥大身躯，把头倒浸在井水中咕噜咕噜喝水。我不明白它要喝多少才饱足。井已枯干、泥泞、发臭。井底露出污秽、亵衣、女人头发、梳子、死狗烂猫。千万年人类掉落的欢笑和呻吟像呼啸的风在黑暗空城回旋……我不能回忆井水滋味是甜是苦，一切都是无意义的梦境……

　　我停止奔跑。

　　我站立。

　　我回头……

　　照他回头应有的式样，高亮回头了。

　　孩子。结尾你是很明白的啊！

　　一股浩漫的、灰浊的狂流，由空中哗啦倒下，把高亮吞没，遮暗他眼中的风景……

没错!是苦水。

八臂城的人从此只有在苦水里繁衍子孙,一代又一代……

孩子。你又在黑暗里撞头了。

你不满意这故事的结尾吗?

别急,光明的日子会来,苦水也会变甜……

一定,我保证!

来,让我帮你揉揉!

来,让我搂搂你、抱抱你。

故事虽已完,待会还可从头再说起……

安静一下,睡吧!

乖!

后记　神话是一首传唱的歌
——七十回顾少年『哪吒』

◎ 奚淞

二〇一三年春日,我在新店溪畔、公寓画室重修观音画稿。趁眼力尚好,手力还稳,或可以把积累的旧画稿修得更耐看些。

传统工艺里称这种造像手法为"九朽一定"。朽者,修改也。老画师一遍遍修稿,也就是心系传承、期望能把趋于美善的稿本交付给徒弟,以发扬光大。虽然手工艺时代早已过去,我修画稿的心愿亦如昔日画师。

当初一时动念,为纪念亡母而作白描观音。未想墨线绵延,长久以来,毛笔线条稳定了我易散漫、妄想的心,如是心手牵引,竟使我皈依佛法,成为虔诚佛弟子。

那天,我伏案描图、为坐姿观音的膝边增绘一朵莲花,草稿初成,起身审视,心中不禁一动。

这身影太熟悉了。它岂不是在召唤我早年文学记忆——近半世纪前,我创作第一篇小说《封神榜里的哪吒》开场的人物描写吗?

"……一脚盘踞,一脚微踏在青草地上。半旧的白麻道袍顺着肩胛垂下许多皱褶;宽大的衣袖遮住了脚上的芒鞋。微微向前倾注的身体,像是正在观赏野生在河滩浅渚中的莲花……"

这篇小说里哪吒剜肉剔骨、赎罪舍生的情节,是从他的师父——太乙真人的回溯写起的。我忽然想到:这趺坐九湾河畔、太乙真人的身姿,岂不正与我此际描写观音菩萨的形象一般无二。几十年光阴过去了,我居然还停留在原地。

"……'红儿,痴徒,你到了这个地步还要向师父要一个形体吗?'……"小说里,太乙真人向梦中前来求告的哪吒魂魄说。

"我终于用血偿还了我短短人间一切所有亏欠的。我得到最终的自由……可是师父,就如你听见的,我还是在哭,忍不住的眼泪使我还想加入到世间的不完美里去……"

回想昨夜梦里,至爱徒弟红儿的声音;太乙真人起身,拍拍膝上的杨花轻尘,走向河岸,将那朵开得最无顾忌的莲花摘下……"'这铺在地上的,就是等你来投化的身体了。'"

全篇故事仍然结束在小说起首的白砂水岸。天色晚了。太乙真人守候爱徒魂魄来归:"……倦鸟归巢了,空气那么静寂。渐渐地,太乙的左眼亮起了一朵端丽的莲花,右眼也亮起了另一朵;可是在心中,不偏不倚地,它们合并成一朵,在永生的池边。"

回顾彼时二十三岁、从来也不曾涉猎佛法的我,怎么就会写出这"不二法门"意象、又从道教神话中的莲花象征了我趋向佛道的晚年?

犹记当年在白纸上提笔落字,文思泉涌,仿佛蕴积在心中、盘踞不去的生命疑问和郁结,忽然寻到一线光明通道,于是字句得以自动联结,倾泻而出。我扑倒在书写中,一夜经历了垂泪后狂喜的创作体验。事后回想起来像一场灵异梦境,一现而得再现,我也就把这篇惨绿少年时代的

生或者未出生願他們都
能遠離苦惱願他們都得
到平安快樂

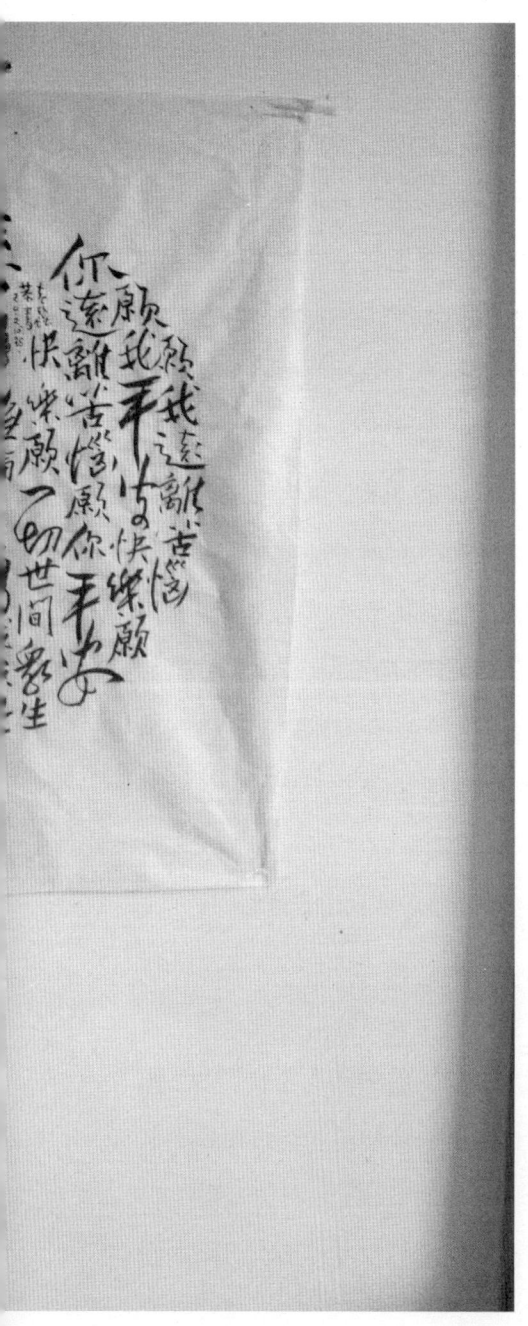

奚淞与他日常抄写的《慈经》诵句。

文学体验，推向记忆深处，不再追溯了。

多年后却因重修观音画稿，忆起关于创作"哪吒"的尘封往事。巧的是当天便接获一封来自《文讯月刊》的邀请函。函中尊称受邀者为"文坛前辈"。读此称谓不由微笑，我哪算得上文坛前辈。学画又投身于菩萨造像手艺的我却不过刚巧回顾到自己文学的前生罢了。

函中叙述活动的内容是这样的：《文讯月刊》编辑部里收存了三十年积存的档案资料，目前正遭受必须从旧址移迁而欠缺安置经费的困境。这批庞大作家及文学档案一旦散失，将成为台湾文学史无可弥补的损失。因此《文讯》打算举行一次拍卖会，以筹措资金，为编辑部及文学档案找个落脚的家。函中期望艺文前辈能捐赠手泽或艺品，助成这次拍卖会。《文讯》如是敬邀。

可真是有缘。我开心地想：那么，就捐出我刚修好的"观莲菩萨"吧！

收到邀函次日早晨，我依惯例骑脚踏车前往河边"北新泳池"晨泳。此地为都市近郊，尚保留残存的菜圃、林园和老屋，是小碧潭地段，最后一片即将在都市规划下更新的农业用地。

我喜欢骑车经过菜园畦地，然后穿越仿佛藏在时空胶囊中的民生路旧巷。狭窄深长巷道，传闻为光复初期，政府为安置海南岛撤退难民等人，在此地搭起供他们栖身的成排平房。七十年下来，栉比小屋随人口增加而向上增高为三至五层小楼，就形成仰视如一线天般的羊肠小巷了。

与早年唐山来台的移民聚落相似，民生路巷头有奉祀地方保护神的道教兴申宫，巷尾则是土地公福德祠。一头一尾，庇护了这群异乡客。只是我每回途经兴申宫，望见那始终没有足够香火钱装潢、裸露出钢筋水泥结构的屋顶，不免觉得担心。生怕不久后地区更新、迁建，可能会把这一切自然发展、尚未完成的旧迹全铲除殆尽。

这天，正由兴申宫踅入民生路时，我仿佛在宫侧废物堆积处瞥见眼熟形体。恍神间，已然一溜烟将车骑向泳池方向的我，却如梦游般返身转回垃圾堆前。停车、定眼看，可不正是哪吒！是谁把一尊三太子雕像灰头土脸地抛弃街头？

惊讶的我快步走向道宫，询问坐在宫口板凳喝茶的老人："阿伯，怎么把三太子丢在垃圾堆里？"

老人闻言随去看三太子；看了，缓缓摇头："不是我们的啦，宫里中坛元帅（哪吒）好好的还在。这尊，我们不识。"

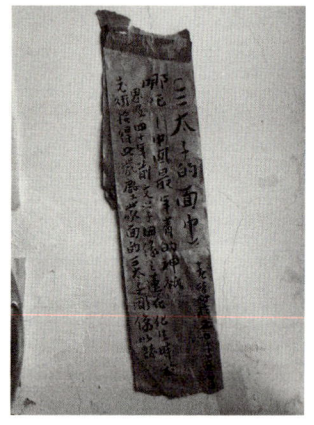

二〇一三年春日拾得的哪吒木雕神像。　　三太子遭弃置时的红面巾。

"这怎么行？等一下垃圾车来，就会把太子爷连垃圾一起清理去了。"我对老人说，"不如我把他请走吧！"

老人笑道："对、对，快请走、快请走！"

我便弯身，将烟熏蒙尘且以红纸裹面的太子像，从底座用双手捧起。这尊脚踏风火轮、身披混天绫、右执火尖枪、左拿乾坤圈的三太子，约五十公分高，是通体完整的传统木雕。抱在怀里，便是一份沉甸甸神话，令我为之悚然。

搬上车后座，载至巷尾福德祠处，适有一座长方形磨石子自来水盆，旁边还备有洗洁用品和毛巾。我于是把哪吒安置洗洁台，小心翼翼、试着揭开用以裹面的长条红纸……

我纳闷：何以要用红纸包裹面孔？难道就像人间弃婴，抛弃者不忍孩子眼见自身惨况，才把他连脸都遮掩起来？

并没有弃儿啼哭声。红面巾揭开，太子爷亮相了，容貌出乎意外的明朗、清晰；剑眉星目，含笑带威，好美的开脸。雕工手艺，非早年的唐山师父莫属。

我仔细用软毛刷沾少许洗洁精及清水，清拭他的宝冠、甲胄、衣靴。去除一层灰黑烟垢，不只彩绘显露、就连镶嵌的红绿玻璃宝石也亮现。乾坤圈和火尖枪上装饰的绒球，稍加清水浸润、拧挤，便由暗褐转成殷红，洋溢生命力的颜色……

"这不合规矩！"耳边忽传来喝止声。我一惊，才发现不知何时，洗洁台前已围聚了四个白发老人。一位身穿汗背心、枯瘦如图画罗汉的高龄老头，以颤颤然、严肃的口气说，"三太子不可以洗澡的咧！"

估量他并非为追讨雕像而来，便小心翼翼回应："好啊好啊，是我不懂规矩，擦干就是。"

我把沐浴后通身鲜明的哪吒搬上车，就在四个白发老神仙的炯炯目送下，推车离开民生路巷落。

那天晨泳后，载太子爷回家，一路仿佛身在巡游阵头中，若有鼓乐响起、观众相随，心中莫名兴奋。

回画室，于雕像残损处略加维修补彩，然后将之安置于朝阳照耀、有绿色盆栽舒展枝叶的临窗角落。时不时，我便会去探望半晌，看三太子在新居可曾安住？痴痴对他着迷了许多日子。

哪吒与我，也算久别重逢。回忆当年，我仅因从地方戏曲中偶然听进一句"剜肉还母，剔骨还父"的唱词，便在心头久久盘踞，酝酿成《封神榜里的哪吒》写作。如今岁月已晚，老人与少年相对凝视，恍若梦中。经时倒想追问一句：你究竟是何方神圣？

重新翻开《哪吒》旧作，甚感情怯。

"我的出生是一种找寻不出原因来的错误……"小说里，哪吒以发自灵魂的哭声，向师父太乙真人追问生命真义。

出生于战后婴儿潮的我，虽未曾亲历战火，却也在逃难中一度与父母失散，稚龄期便种下一份惘惘然的弃儿情结。"世上怎么会有'我'？为什么'我'是'我'，而不是'他'或'她'？"从小，我便躲藏在自我疑惑的黑窟窿里。这也正是二十世纪中叶以降，西方存在主义和嬉皮运动潮流中，一代人的天问和对生命意义的追寻。

潮流过去，并没有找出人何以出生、何以烦恼受苦的答案。瑞士心理学家卡尔·荣格指出：人受不可知的本能驱使而活动。在属于个人本能的潜意识之下，还有更渊深的集体潜意识。设若人类的文明仅只建立于意识形态可知部分，而无法与生命集体潜意识联结的话，这文明将会是危险的、恶魔的文明。"唯有神话与梦，才能与潜意识本能沟通。"荣格如是说。

作为二十世纪老人类如我，此时颇笨拙地启动台式电脑。佛法道：空性便是缘起万有；网际网络则说：凡走过的必留痕迹。我便试着向网络世界追问神话来源。

幸亏学会电脑，才使我从网络屏幕上认识到周遭流行变化。以哪吒而言，原来他早已在新世纪变身电音三太子了。在民间庙会游行阵头中，作为开路先锋"大仙尪仔"的三太子，如今增添"台客"打扮——戴大黑眼镜、白手套、穿夹脚拖鞋。他不走传统七星步，却以轰轰烈烈的电子流行音乐，在街头大跳年轻人最爱的嘻哈舞步。电音三太子甚至在有顽皮酒窝的童颜面具下，口含巨型橡胶奶嘴，脚踏蛇板滑行街头，引得围观阵头的观众鼓掌、尖叫、欢呼、大笑。

最精彩的现身，莫过于二〇〇九年高雄市运会开幕式，阵头大仙尪仔、数十名跨骑摩托车、头戴LED霓虹灯的电音三太子集体呼啸全场……如此华丽、超现实又饱含生命力的开幕式，举世罕见。

古典悲剧是怎么变成现代喜剧的？

在美国国家地理频道《爱上真台湾：电音三太子》影片中，记录了一位来自金门的母亲把暴劣、只爱打架闹事的儿子送到坐落于台中的大肚山，在训练阵头和民俗表演的"九天民俗技艺团"接受管教。此地崇祀三太子，团长许振荣甚至把三太子哪吒形容为这群青少年的"训导主任"。

一群青少年打赤膊、在山头烈日下学习武术、走七星步、击鼓、过团体生活；谁若犯错，便在瞪大双眼的哪吒神像前挨训、鞭股、跪香。如同许多送来管训的少年，来自金门的小正在"九天民俗技艺团"当然会一再违规受罚，但他居然都能安忍过关。

"挨打，很痛啊，"影片里的小正说，"但我更痛在心里，这是三太子在责罚我，要我改过、学好……"

金门小正的改头换面，也可以说是舍身化莲、哪吒情结的一种表现吧。

另一段名叫《在台湾的故事：三太子身世之谜》影片，报道每年太子诞辰，遍布全省各地、上百座太子宫的哪吒神像纷纷起驾向台南新营开基祖庙——太子宫进香的盛况。纪录片后段，随行主访者蔡昌宪被安排一项特别任务——捧一座太子像入祖庙拜谒。

那一次庙会大典，在二○一○年农历九月九日早晨。新营太子宫前四面八方的阵头和神教辐辏而来。遍地鞭炮燃点，游行队伍中，七爷八爷巨俑身躯摇摆，高于烟雾；花脸八家将步踏七星，行走在噼啪火花里；电音三太子也驾临，嘻哈乐声大作……一座座太子龛轿来到开基祖庙前，入谒进香的时刻终于到了。

"我第一次参加这么盛大的庙会活动，内心的澎湃无法形容，"年轻的昌宪说，"更何况是由我捧太子爷入宫！"

宫口两边有人高声吆喝："进喔，进喔……"蔡昌宪被两位香客左右挟持，居中的他紧张地怀抱太子爷，随人潮向宫口涌去。此时摄影镜头紧追在后面跟拍，但拍到他双臂高举神像过头，宫内早已备妥安置众太子爷的案台，昌宪一到台前，立即有人从上把太子爷捧接进去了。圆满达成任务的他转过身来，面对镜头咧嘴笑，眼泪却直淌下来。

"没想到庙会的力量这么大。这是第一次，我感受到流浪在外奋斗的游子，终于回家拜见长辈，得到亲人的喝彩。我真的好激动，"昌宪说，"我也觉得很平静。"

又哭又笑、既激动又宁静，这就是民间信仰触动潜在情绪的奇妙之处了；喜剧与悲剧在神话原型中得以互通无碍。

《三太子身世之谜》节目末尾，揭开谜底：哪吒的身世是——

什么？"哪吒是印度大乘佛教四大天王中北方天王——毗沙门天的儿子。"在诸多民俗宗教研讨会中，众学者爬梳经典、历史文献，得如是结论。

我即刻以"哪吒"为关键字，进入网际网络的文字资讯。果然不错，哪吒神话源自印度，有大乘佛学经典的记载为证。这就接近我心中的疑结了。我早就想过："剔肉剔骨，两代之间恩情决裂"的情节,说什么也不像发自"身体发肤受之父母,不敢毁伤"的中国道统。哪吒祖籍印度,出自佛教故事,这就对了。

大乘佛教经典中有被译作那罗鸠婆(Nalakuvara)的人名,而在其他记载中译为那咤矩钵罗、那咤俱伐罗等,随后被简化为那咤。

那咤,是四大天王中北天王毗沙门天五个儿子中的第三子。毗沙门天又名多闻天。"多闻"有多闻于佛法的意思。他左持三叉戟、右持宝塔(佛塔),是天王中护持佛法最重要的首领。

佛教传入中国,至隋唐而达于极盛。唐代以毗沙门天为护国神,此风东传日本,战阵中亦高举毗沙门天为战神之幡旗。甘肃敦煌莫高窟中,就有描绘雄伟的毗沙门天及随行眷属的图画,那咤为其中一员。

宋代典籍有那咤现身拯救遭难僧人及献佛牙以建寺庙的记载。那咤当为佛教护法神的身份无疑。

宋代以后,那咤流行,化入道教,变成托塔天王李靖之子。这就改姓名为李哪吒、归化中国籍了。即使神话已经本土化,其印度佛教原型犹存,直到明代《三教源流搜神大全》记载中,自毁肉身、舍离凡胎的哪吒,一缕幽魂并非求助于道教师父,而是"抱真灵求全于世尊之侧"——他形体得以成全重现,是由佛陀亲为他"折荷梗为骨、藕为肉、丝为筋、叶为衣",以无上佛力加持他"出离浊世而无染"、完成莲花化身。

又有民间传说,北京城旧名"八臂哪吒城"。这是元朝建大都依风水信仰而有的形制和名称,由此足见哪吒作为守护神的崇高地位。奇特的是,一介背负无明原罪者,如何转化为护卫世界的神格。其间的矛盾和成全,就成为神话联结人性潜意识的秘密了……

在从一切电脑影音平台和文字资讯搜寻过后,我由时空穿越之旅归来。回过神,心中不禁反复念诵:"毗沙门天、毗沙门天——"既陌生又多么熟悉的名字。

啊,画观音三十年的我,怎么会没有立即反应到:在《妙法莲华经观世音菩萨普门品》中,明明白白在观音菩萨救度苦难、随机应化的章节中说道:"若有国土众生应以毗沙门身得度者,即现毗沙门身而为说法。"这么说来,毗沙门天的神格与观世音菩萨是可以互通、共有的啊。

那么,追溯身世之谜,哪吒既是毗沙门天之子,也就可以说是观音之子了。如此便回答那一日,我重修"观莲菩萨"心中浮现的疑问。

《普门品》中观音化现昆沙门天（左侧经书）；昆沙门天率眷属现身战阵（敦煌壁画书册）。

二〇一三年，高兴能为《文讯》义卖的邀约，赠出"观莲菩萨"。那次很多"文坛前辈"纷纷现身、大力出手相挺。他们捐出私藏珍贵文物艺品,造就义卖会的好成绩。而后《文讯》编辑部及三十年文史档案顺利得到安顿。

至于我，也在流传世间的哪吒神话中，找到自己皈依的源头。我在新店溪畔画室，再度修定"观莲菩萨"。这回画里的观音不仅回眸观莲，更是笑看当下化身莲花的哪吒。一介流浪生死的弃儿，在此舍下个体执着、融入"无缘大慈，同体大悲"全体佛性中，这便是佛教譬喻修行圆满境地，所谓的"母子相会"吧。

"……杨花和着轻尘飘着，新绿的柳叶闪着，莲花摇曳着。河水像是静止，又像是流着。时间像是在誊写昨天，又像是全然不同了……"

佛说无常。新店溪畔也在乡土巨变中。推土机、挖掘机隆隆。近年菜园、林地、旧厝飞快消失，圈出大片准备造就地铁、公园，欧风大厦的建地。当然，我一向习惯晨泳的北新泳池早就不见了。至于民生路"一线天"巷落，由于牵连住户甚众，一时要迁建更新还真不容易。

二〇一八年三月里，没想到"哪吒"旧事又被提起。"联合文学出版社"总编辑周昭翡来访。她从手袋里取出一本影印装订的小书，出示给我看。原来是一九九一年印行、早已绝版的小说集《封神榜里的哪吒》。

"我一直很喜欢'哪吒'，可是百般找不着，只好到图书馆里影印一本。"昭翡认真地说，"绝版这么多年了。我们把它重新印出来，好吗？"

见我翻书、沉吟，昭翡说："你考虑看看——"

其实没有什么好考虑的，哪吒自有他的生命和去向。只是当我翻开早年创作的七篇小说，虽非纪实，却隐藏了家族亲人的生命和情感影迹。故人已逝而记忆犹新，令我为之一怆神。

那时最后一篇小说是《夺水》，文体和角色既暧昧又抽象；仿佛是存在主义哲学家，在思维的黑窟窿中左冲右突，头上撞出的无明肿瘤。读它觉得骇然，连我自己都不认识了。

"孩子，瞧你，又在黑暗里撞了头了，

来，我帮你揉揉……

有什么用，你还会再碰，一次又一次，

黑暗里，你要用头撞开什么呢？

……"

《夺水》创作灵感源自民间"八臂哪吒城"传说。语言叙述中的主角高亮在小说里像是西西弗斯式的悲剧英雄。

左图为"观莲菩萨",右图为"哪吒莲花化身",二图合为"母子会"。

他在莫名所以的生之欲驱使下，拼命左冲右突，想为城池夺得甜水，却落得在暗浊苦水中团团转：

"从你眼中的血丝，我看到你父亲逞力气被城砖压死的惨相。从你眼里的火光，我看到你母亲与人通奸为爱而发狂……呵呵！孩子。你可知道他们现今在哪里？那幽暗和寒冷不久你也得前赴……他们封闭在地下最黑暗的水泉，以头撞石，想重见光明。

"呵呵，孩子。

"他们成了一种古怪的鱼！"

昭翡走后，重读昔年小说——我文学的前世。读完《夺水》才知道我从前的哪吒和弃婴情结有多么严重。也明白自己何以搁下写作之笔，不再能够创作小说。《夺水》中的高亮其实是未能化莲的哪吒，被囚禁在茫然、黑暗的灵魂中。如果无尽轮回都是苦痛和颠倒梦想，还需要我去添加任何艰涩而无解的文句吗？

岁月匆匆，一晃便白了头；我谨守佛法，但愿早日明心见性，解脱烦恼。

父亲去世了，母亲去世了，兄姊中一向最照顾我的三姊也久病去世……当一切走向消逝，奇妙的谜底却仿佛呼之欲出——

因为患脑积水,进行颅骨开刀引流手术,三姊足足在病床上瘫痪六年。长年身体不自由,她的心智似乎滑落入沉默和遗忘的世界里;我去探望,她也不爱搭理。

三姊最后的话语,是床边照护她的外佣阿玲,以不太流利的中文向我传述的——

那一天,阿玲边照料三姊,边逗趣地问道:"阿妈,你还认得我是谁吗?"

床上三姊瞪视这位来自印尼爪哇岛的外佣。打六年前病倒下来,多数时间里,阿玲都与三姊住在一间房里;同眠同起,以便贴身照应。每隔不多时,无论是鼻子痒了,嘴巴干涩了,或者屁股压痛了,三姊就会"阿玲阿玲"地嚷起来;因为阿玲就是三姊的手、三姊的脚。

被阿玲询问,三姊仿佛认真思考,然后回答:"我认得——你就是我。"

阿玲讶异地笑了,再追问:"那么,你又是谁呢?"

"我?"三姊答复干净利落:"我就是你啊!"

"你就是我,我就是你。"如此简明的真理,也得遍历苦难,方能一语道破。三姊的遗言直指"无缘大慈,同体大悲"观音法门,便是我晚年的俯首皈依处。

答应了昭翡出小说集的计划,因此开始动笔起草这篇

"七十回顾"。不是为自己,而是替哪吒弥补一段时空行迹。老人提笔,与早年完全不同;如发动老火车头,要加许多燃料、喷许多烟,才能缓缓启动。我又想:也许连写作都嫌多余,在日常世间,神话从不曾缺席,只是人们无暇注意,也无知于内在与之相应的奥秘罢了。

生命存在的大疑,渴望被认可、肯定的弃儿心结,舍凡证真的无上悲愿,哪吒神话传说在牵动人们的集体潜意识。自明清以降,哪吒三太子在台湾的民间信仰中抵达空前鼎盛,也反映了近代史浪涛中,台湾人内在潜伏的弃儿情结吧。我一边龟行蜗步的写稿,一边想着人类心灵的流浪和归宿。

啊!我忽然忆起:三十多年前,母亲仍在世、新店溪畔还有稻田、河畔蔓生野姜花和菅芒草的年代,我常在河滩上赤脚涉水、散步、捡拾圆整好看的鹅卵石。有一回,我居然发现一座遭弃置的木制神龛,歪倒在银白盛开的芒草花丛中。

神龛约一个小人高,作传统歇山顶屋型,三面墙敞开门户,檐前悬铜铃、立双柱,造型朴素耐看。我越看越爱,便把这座神龛扛回家去。

既然是空龛,我便增设一片横板,成为上下两层的书架。

安置哪吒神像在画室临窗角落，
是为一堂之奥。

《观世音菩萨普门品》与咏哪吒联句。

三十年来，它在书房默默地庇护了重要经典如《清净道论》《阿含经汇编》《华严经全集》等。由于都是平日少触碰的重量级经典，我几乎把这座庄严的神龛都给忘了。

心念乍动，我放下写作，起身取软尺去量木座神龛尺寸。哇，高八十公分、横宽四十公分，可不正好是我拾来哪吒的家吗？

我立即取出经书，卸除横板，把神龛搬到画室安置哪吒雕像的临窗角落。我搬哪吒入龛，恰如量身打造，完美

画室中修观音画稿的手艺人。

无比；这时，即使是木雕，大概也要与我一般笑出声来了。

就这样，半世纪路历历在目，哪吒终于浪游归家。我为出版小说而作的"七十回顾"文稿也接近完成。行文而不厌其烦，在此记下两段咏哪吒联句，已然布置在三太子家中。

其一：
剜肉剔骨非弃世
莲花化身证菩提

其二：
缘起无我视诸法为梦幻
舍身化莲归住自性光明

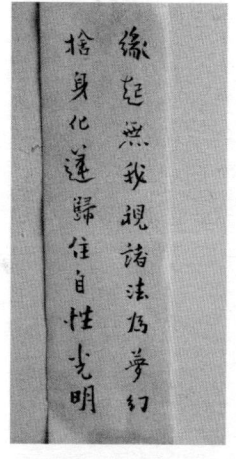

至于银发老人与少年哪吒素面相对，便就只有合十诵念古巴利文佛说《慈经》禅修偈句，是一份对世界光明圆满的祝愿：

愿我远离苦恼，愿我平安快乐；
愿你远离苦恼，愿你平安快乐；

愿一切世间众生，无论柔弱或强壮，体型微小、中等或巨大，可见或不可见，居住在近处或远方，已出生或尚未出生，愿他们都能远离苦恼，愿他们都能得到平安快乐。

奚淞初稿于二〇一八年四月二十五日晨

古巴利文佛说《慈经》(Metta Sutta) 中摘出祝福一切有情众生的诵句。

图书在版编目(CIP)数据

哪吒 / 奚淞著. -- 北京：北京时代华文书局，2019.10
ISBN 978-7-5699-3214-0

Ⅰ．①哪… Ⅱ．①奚… Ⅲ．①短篇小说-小说集-中国-当代 Ⅳ．① I247.7

中国版本图书馆 CIP 数据核字 (2019) 第 230799 号

本著作物经北京时代墨客文化传媒有限公司代理，由联合文学出版社股份有限公司独家授权北京时代华语国际传媒股份有限公司，在中国大陆出版、发行中文简体字版本。

哪吒
NEZHA

著　　者｜奚　淞
出 版 人｜陈　涛
选题策划｜赵明明
产品经理｜王　争
责任编辑｜徐敏峰　姜锦赫
装帧设计｜尚燕平
责任印制｜郝　旺
出版发行｜北京时代华文书局 http://www.bjsdsj.com.cn
　　　　　北京市东城区安定门外大街 136 号皇城国际大厦 A 座 8 楼
　　　　　邮编：100011　电话：010 - 83670692　64267677
印　　刷｜北京盛通印刷股份有限公司
　　　　　（如发现印装质量问题，请与印刷厂联系调换）
开　　本｜880mm×1230mm　　1/32
印　　张｜6.5
字　　数｜104 千字
版　　次｜2019 年 12 月第 1 版
印　　次｜2019 年 12 月第 1 次印刷
书　　号｜ISBN 978-7-5699-3214-0
定　　价｜45.00 元

版权所有，侵权必究